# 臺灣島。海岸詩

——康原◆著　許萬八◆攝影

晨星出版

## 輯一 岸邊人間

# CONTENTS

## 目次

## 輯三 海上掠影

# CONTENTS
## 目次

〔推薦序〕

# 佮唸謠相閃身

／路寒袖（知名詩人作家）

康原蹛彰化，我徛踮臺中，兩个人會使講是隔壁親家，所以定定會佇一寡文化機關、學校舉辦的文學活動相拄，像文學營、文學獎評審佮頒獎典禮、開幕記者會、新冊發表會、演講等，抑是文友的聚會，差不多攏會鬥陣。

捌康原的朋友攏知影伊是臺語童謠、俗語的高手，不只對傳統的了解誠深入，幾十年來伊嘛創作出濟濟的歌謠作品，所以一粒頭殼若親像攜帶式的點唱機咧，伊會斟酌現場的氣氛佮狀況，唱一、兩塊逐家熟似閣生份（意思是聽起來誠親切，但是家己攏袂曉唱）的歌謠。一般來講，文學活動總是比較靜態，比較閉思，比較嚴肅，毋過只要有康原在場，氣氛絕對是鬧熱滾滾，袂輸是臺語唸歌的小型發表會。

康原的創作量大閣多元，到目前為止已經出版了八十偌本各種的冊矣，基本的文類像詩、散文，伊的詩華語、臺語攏有，臺語閣分一般詩作佮囡仔詩。康原對地方文史、民間信仰嘛誠有研究，所以伊也寫足濟本報導文學，報導文學不比一般的文學創作，會使覕佇冊房寫稿就好，彼是愛跤踏實地去現場田野調查的，我共算算咧，康原的報導文學著作有十偌本遐濟，可見伊的行動力有偌驚人。康原的作品內底有大部分作家攏無的文類，彼就是鄉志，伊捌參與彰化縣芳苑鄉、臺中縣烏日鄉的鄉志撰寫，展現出伊的地方文史功力。

康原閣有一項特別的著作，就是佮藝術家的共同創作，合作的對象誠多元，有音樂家施福珍、攝影家許蒼澤、雕塑家余燈銓、畫家施並錫……，舊年（二〇二〇）和攝影家郭澄芳做伙出版了《臺灣水塔地景風貌》，佇臺灣你若看對窗仔外出去，厝頂就全水塔，這个誠本土、常民的題材進前佇國藝會的藝文出版補助審查的時，得著全數評審委員的肯定。

這擺，康原合作的對象是攝影家許萬八，延續著頂一本《臺灣水塔地景風貌》臺語詩配合攝影的形式，主題換做臺灣的海岸，詩集名為《臺灣島。海岸詩》。

臺灣是歐亞大陸板塊和菲律賓板塊相激產生了造山運動所形成的，不只有豐富多變的懸山地形，本島的海岸線就有一千兩百公里，若加上外島就超過一千五百公里矣，免講嘛知影誠迷人，尤其是許萬八的攝影色彩飽滇，有的若油畫，有的像粉彩，艷麗之中摻著奔放的熱情，敢若共海岸幔一條浪漫的絲仔巾。

面對遮爾仔媠的景緻，咱來看康原是按怎發揮伊的臺語詩作：

人佮人的　交流
愛圓滿　人生的難關
攏會平安度過

關渡的人
看橋跤的水恬恬
流過　淡水河

——〈橋邊交流道〉

交流道大部分攏是圓的造形，會使用交流道就是車，車是人咧駛的，這首就因此聯結到人和人的互動交流，重要的是愛圓滿，像交流道圓的造形，圓滿才是渡過難關的關鍵。

仝款這種人際和諧的思想猶有：

人佮人做伙　愛和平
島上的　涼亭
清風　吹過來

——〈亭仔跤〉

寫和平島的涼亭，巧妙應用地名「和平」，點出人佮人的做伙若是會當和平鬥陣，人生才會坐踮涼亭內，閣再有清風吹過來。

因為是海岸，所以這本詩集內底寫著四个所在的燈塔，分別是鼻頭角、鵝丁、高雄旗津、三貂嶺，佇這四首詩作內，除了旗津彼首，其他三首攏共燈塔比喻做「目睭」，「佇鼻頭／裝上目睭」〈鼻頭角燈塔〉，「守佇鵝丁烏暗暝的／燈塔　是南臺灣海岸的／目睭　透出關懷世間的眼神」〈鵝丁燈塔〉，「福爾摩沙上東爿　三貂嶺／燈塔對

大海　談情說愛／海邊看守　臺灣的目睭」一〈三貂嶺燈塔〉，目睭是予世界現形的鏡頭，是看著危險、交流表達感情上蓋直接快速的接收器。

這本詩集猶有予人驚喜的一輯《生態之歌》，記錄著各種鳥仔，嘛有花跳、砂馬仔（招潮蟹）等，展現出臺灣海岸活跳跳的生態現象。

康原和許萬八聯手，予咱掀開這本冊的時，影像配歌詩，烏白的文字配彩色的攝影，無聲的文字變有聲的海湧，風講古、雲穿衫、鳥仔唱歌。

我佇二〇〇九年和二〇一九年兩度、各一年擔任彰化師範大學的駐校作家，期間閣逐年攏固定去為專業學程授課，會使講三不五時落咧走彰化，逐遍對七十四號快速道路進入彰化彰南路，中途我就想著，康原就是蹛佇倒爿的山坡頂啊，想到遮，伊的臺語唸謠自然就飛入我的車內，十外冬來，我竟然一直攏佮康原的唸謠相閃身。

〔自序〕

# 臺灣島。海岸詩

／康原

佇十六世紀葡萄牙人咧行船，發見咱个臺灣島，開喙喝著「Formosa」，意思是講「美麗个島嶼」，這粒島嶼四邊攏是海，親像一隻海翁跍大海中浮浮沉沉咧泅水。臺灣算起來土地無真闊，大約三萬五千外平方公里，四邊的海岸有千外公里，有各種特殊地形的岩礁，形成濟濟奇形怪狀的海岸，千里的海岸有真濟變化，媠款的海邊仔，親像千面妖嬌的女郎，風情的媠予人讚嘆，值得逐家接近海邊來欣賞。

阮細漢的時陣，是咱的臺灣戒嚴時代，袂使予人接近海邊，漁民出海掠魚攏愛看證件，這馬已經解嚴，咱愛開始來了解海岸、親近大海，攝影家許萬八佮阮，透過鏡頭佮臺語詩，來紹介咱臺灣四邊海岸的景色，佮海邊地區逐家愛去觀光的所在，阮用影像佮詩歌𤆬逐家來臺灣行一輾，欣賞海邊的地質佮人文、歷史，佮攝影家愛去翕相的所在，共同來讚嘆臺灣真正是一个美麗的寶島。

臺灣島嶼是一个變化多端，而且有複雜

的地形，懸山到平地佇坡度上，將近四千公尺的落差（lo̍h-tsha），東西沿岸到臺灣上懸的中央山脈，短短無到百公里的水平。海岸確實受著地理位置佮天氣的影響，攏有伊特色佮變化，嘛有伊迷人的地方風情。

東爿對三貂角的來來鼻，西到淡水河口附近的油車口，海岸線長大約一百四十四公里的北部海岸，抑就是一般人所講的北海岸。淡水河有關渡大橋，這座橋連結新北市八里區、五股區、佮淡水區、佮臺北市北投區關渡，橋邊的交流道佇日頭落山以後，交流道嘛有特殊的景色，阮安咧寫〈橋邊交流道〉：

人佮人的　交流
愛圓滿　人生的難關
攏會平安度過
關渡的人
看橋跤的水恬恬
流過　淡水河

臺灣北部海岸久年受著風浪的侵蝕，閣再加上早期沉降作用的影響，蝕痕地形足發達，親像野柳的蕈狀岩、燭臺石、金山的綠石槽、萬里的老鷹石、拳頭石、香菇石奇形怪狀。阮對〈萬里的石頭〉有按呢的詩情：

北海岸　有奇形怪胎的
老鷹石　長期佮海湧
相　拍
這塊　親像龜咧趖的
石頭　向海面游去
接受大湧的　挑戰

佇基隆港北爿，原來的名叫做社寮島的和平島，原來是一个小海島，這馬有和平橋佮陸地相連成做一个陸連島，和平島因為是北部沉降海岸的一部分，受著強烈的海蝕痕作用，所以蕈狀石、海蝕平臺、海蝕崖、豆腐岩，發育攏真發達。對和平島這个島嶼，阮是安呢寫著〈亭仔跤〉：

人佮人做伙　愛和平
島上的　涼亭
清風　吹過來
心涼脾土開
亭仔跤的　人
看海上的島　浮浮沉沉

東北角靠山偎海，有真濟奇岩怪石，嘛有幼綿綿閣柔軟的金色沙坪，佮真濟款的海洋生態，是一个上帝送咱的大自然教室，多功能觀光旅遊的海岸，佇東北角海岸線頂，水湳地區有一个陰陽海，海水色彩一半藍色、一半黃色，二爿分甲足清楚的。阮的詩〈陰陽海〉寫著：

陰陽　四象　八卦
天庭　地下　人間

陰陽　海邊仔
有彎彎的海岸

水湳洞漁港　搬一齣
咱佮惡有外長的　距離

偎著北部濱海公路行到南雅漁港了後，

就會使看著誠濟經過海石風化的奇形怪石，親像是棋盤相當壯觀，大塊的大石岩表面，嘛有一粒一粒豬肝色捅出來的石瘤，造型真誠奇怪，規塊岩石是金黃色的，親像一塊超級大型的「起司麵包」，曷佇另外邊仔的岩石，綴著石頭必叉的縫，有軟嘛無相仝，產生無仝的蝕痕，加上風化作用的影響，予原始的色彩有深淺無仝的改變，曷形成外形特別的岩石，所以有人共伊號做「霜淇淋岩」。這粒〈霜淇淋石〉予阮想著：

是啥人驚熱？
想欲食涼涼的冰
敢是　海邊的好兄弟
毋是啦　原來
是上帝雕刻的
藝術作品

佇東北角海岸公路頂，有一个出名的岬角風景，鼻頭角是東北角捅出來的一个岬角，以臺灣上北爿的富貴角，上東爿的三貂角合稱做北臺灣三角。鼻頭角佇島嶼的東北角海岸，阮的詩按呢寫〈鼻頭角〉：

你的鼻囝佇　島嶼的
東北角　是東西向　南北向
海岸線的　交纏點

恁的戀情是無單純的
三角戀　三貂角
富貴角　北臺灣三角

東北角海岸的岩石景觀，佇無仝的地點

出現無仝的面腔，蘇花斷層海岸是對宜蘭的蘇澳延伸到花蓮溪口的崇德全長九十公里，崖懸平均佇三百到一千兩百公尺之間，規个蘇花海岸會使講是中央山脈的延長，大部分岩層是片麻岩佮大理石岩，石性相當有，也因為按呢造就了險埈山勢，佮山壁景色足壯麗的，和平溪以南清水山東爿，就是出名的清水斷崖。

臺灣東部花東海岸線，北爿對花蓮溪口，南到臺東縣的小野柳，東爿倚太平洋西爿，靠海岸山脈海岸公路，長度一百七外公里，也因為人罕得到遮，閣無受工業的空污廢水的汙染，所以有臺灣上落尾一塊淨土的稱呼，是臺灣上媠的海岸線之一。

石梯坪是花東海岸精華地帶的第一站，因為岩盤捅出來深入海面，長長短短無一定親像岑仔仝款，所以才有石梯坪的稱呼，石梯坪海岸暗藏著豐富的珊瑚礁群佮熱帶魚群，海坪佮壺穴形成的潮池，有各種的海藻咧生長，魚、蝦、螺仔等等海洋生物，是石梯坪成做觀察海坪生態佮藏水、釣魚的好場所。

長虹橋橫迒佇秀姑巒溪兩岸，徛佇橋頂會使看清楚秀姑巒溪，佇大港口出海口有一座奚卜蘭島，秀姑漱玉就是佇秀姑巒溪出海口，白鑠鑠的石灰石，烏石鼻海岸，四界攏有大大小小的潮地理海蝕溝，是觀賞海坪海洋生物的上好的所在。石雨傘佇成功鎮北爿十公里的海岸，有海岸延伸到海中的海峽長大約一公里，屬於石灰石膨起來的海蝕地形，佇石雨傘遠看有一座海上孤島，彼就是東海上有名的景點三仙臺，三仙臺是一座離岸的珊瑚礁島，島上奇石分布，其中有三塊大的岩石傳説呂洞賓、李鐵拐、何仙姑，曾經來到這塊島，才有這个名。

這段傳說故事，用詩的形式寫著〈三仙臺〉：

為著　探訪海中仙人
呂洞賓　李鐵拐　何仙姑
搭這座有曲線媠款的　橋

借日頭神力來　發光
分辨世間的　善惡
探測　人心的變化

佇富岡漁港北爿的海域小野柳，是東部海岸上南爿的風景站，因為地形佮岩石佇種類上佮新北市的野柳外觀相仝，因為按呢才予人稱做小野柳。佇恆春半島上，猶有熱帶地區才會當看著的珊瑚礁海岸，久年海湧的沖拍之下，珊瑚礁看起來像百裥裙，海湧的花看起來像百裥裙滾邊的蕾絲花，按呢就形成浪漫的裙礁海岸。到了恆春這个地方，攏也想起陳達的歌聲佮宋澤萊的詩歌，所以阮著寫出〈歌聲〉：

若是到　屏東枋寮
著唱出陳達的歌
思相枝

若是到　恆春
著會想起　宋澤萊
罩霧的山崙　親像姑娘的溫存

臺灣本島的海坪來講，干焦恆春半島的珊瑚砂是真正的海底來的沙。若是想欲看珊瑚礁絢麗的面腔，著來一逝恆春半島，一定會予你充滿著讚嘆。佇海岸咱的看著真濟燈塔，守著港口佮海岸，看船佮人來來去去，親像墾丁的燈塔，阮想著〈海岸的眼神〉攏無曏的目睭，看顧的海岸的一切：

守佇墾丁烏暗暝的
燈塔　是南臺灣海岸的
目睭　透出關懷世間的眼神

日時　佇日頭跤陪著
一對一對　情人
翕相

臺南海岸介佇八掌溪佮二仁溪之間，相連長度達到三十公里的細長沙堤岸，離海岸線無到三公里，形成一个闊閣大的潟湖地帶，所以佇七股汕頂，會使看著真濟蚵棚，這是當地居民重要經濟來源。

佇臺南這個地區，咱袂凍無講著安平港，遮有一座有歷史的古城，有紅磚仔厝、古堡佮古街仔，嘛有媽祖的公園，林默娘的神像守著港口的平安，真濟人愛去安平，走揣古早時代的故事，唱安平追想曲，去想起彼个無情的行船人，阮嘛寫著〈安平追想曲〉：

佇安平古堡的
紅磚梯頂　想起
陳達儒的安平追想曲

彼个　無情的荷蘭船醫
留落來的紅毛女郎
佮老母仝款的　運命

嘉義海岸佮雲林海岸誠相仝，海岸線近

年來一直退後，沿海沙汕嘛一直消失，外汕頂魚網有起碇沙坪，但是受著真濟因素的影響消退速度真快，布袋海岸南有翁島北有白水湖壽島形成天然的沙岸，保護蚵園袂予海湧沖走，咱對天頂看這个所在，闊茫茫的蚵園景致，成做海邊居民上好飼蚵仔的所在。

　　臺灣西南地區沿海海岸，會使講是海岸生態上蓋豐富，經濟價值上懸的海坪，除了北港溪以北是沙泥質的海坪以外，對大肚溪口以南到濁水溪以北的地區稱作鹿港海岸，大部分攏是沙泥質的海坪，是飼蚵仔佮蛆仔理想的所在。佇王功有真濟飼蚵的人，阮寫著〈蚵園〉：

潮水　來來去去
媽祖魚　游來游去
夢　做踮闊茫茫的大海
隨海湧漂浪　土地
竹箍　蚵穗　鹹水　海風
飼養　冷酸酸的海風
三代人　用汗水佮紅血
沃肥　飼大大細細的頭喙

　　佇王功北爿新寶的海邊，予大湧送來一隻鐵殼船，囥一段真久的時間，有真濟人走去看，攝影家留下伊的身影，這馬已經無去，但是阮有留下詩佮相片，阮的詩〈鐵殼船〉寫著：

十外年前漂來的鐵殼船
損斷著牛埔頭人的
珍珠蚵園

無人認領變作新地景
有人　入去食毒
這馬　消失去

漢寶是阮的故鄉，古早時代是靠討海佮種田來生活，慢慢行向農漁業觀光，庄內有人開休閒農場，用生態園區來教育保育的觀念，阮有寫過一首〈臺灣漢寶園〉的詩歌，描寫故鄉的生活情形：

漢寶園　真好耍
飼雞飼鴨來生蛋
漢寶園　好所在
報予　親晟朋友知
來海邊　聽風聲　看海鳥
踮大埕　拍干樂兼焢窯
入水窟　摸蛤仔兼洗褲

漢寶園　鹿港的隔壁庄
離王宮無遠　蚵煎佮魚湯
暗時食甲天光　實在真好耍

伫漢寶園有一个朋友伫沙坪開一間海中漁場，予人去摸蛤仔佮掠魚，體驗海中的生活，魚場內閣設有一間咖啡廳，生理本來真好，但這位頭家品行無好，尾仔生理失敗，違法犯罪掠去關，這馬只有留下過去的影像，阮著寫出〈夢中漁場〉：

迴過天眼　看著
過去的　海中漁場
無情的海湧
攑頭三尺有　神明
按怎來　按怎去

## 無常的　人生

漢寶佮福寶兩庄，攏有真濟野鳥，遮是野鳥的故鄉，阮寫過一本村史《野鳥佮花蛤的故鄉》這本冊中，講到真濟野鳥的故事，生態佮產業的衝突，嘛有講阮家族的生活歷史。這馬佇這本新冊內，特別有一輯「生態之歌」的詩來描寫，親像〈暗光鳥〉寫著：

暗時　發紅光的
目睭　溜溜瞅瞅
看魚仔　水中游
魚仔　跳入暗光鳥的
目睭
向鳥喙咧游

鹿港海岸邊的工業區內，有一間玻璃廟「護聖宮」拜媽祖婆，是一間文創廟，廟中有臺灣的生態鳥類、阮寫的臺灣的囡仔歌，刻佇壁頂；亦有玉山的圖像，有一張「臺灣豐韻圖」畫出臺灣的地理景色，地方小食佮民俗節慶，對臺灣頭到臺灣尾，真濟出名的古蹟佮名勝，都畫佇廟壁的圖頂，猶有真濟掛懸懸的鼓仔燈，這間廟是全球唯一的玻璃廟，阮的詩寫著〈心靈的故鄉〉：

鹿港　古睢伯用玻璃造
大廟　展現旅遊文化創意
囡仔歌　生態詩　宗教科儀
入來拜　有保庇
運用新的科技
予咱追求心靈的故鄉

臺灣北部地區桃園、新竹、苗栗，這三縣市海岸大部分攏是沙崙海岸，干焦有狹狹的海岸平原佮山地相隔，佇溪的出海口付近對北到南也有濕地，曷新豐濕地是北臺灣唯一有水筆仔海茄苳共生的區域，另外新竹市十七公里海岸線頂的香山濕地，是全國出名的生態教室，白扇仔種類超過四十種，數量閣達到四億隻以上。佇苗栗海岸中，佇苗栗縣通霄鎮的西北爿，過去人稱呼伊白沙屯，白沙屯也就是白沙堆積成山崙的意思。苗栗苑裡沙崙海岸苑裡漁港，對苑裡港漁的南爿到北爿，闊大約兩公里的沙崙海岸，逐擺若到東北季風吹來的時就形成特別的沙崙地景，有時若沙坪，成做臺灣重要海岸景觀之一。比如，佇新竹的香山阮寫：〈新竹的沙坪〉寫著：

毋免去非洲看
撒哈拉沙漠
新竹的芳山　嘛有
臺灣真正是　寶島
海岸　有真濟變化的
媠款景緻　沙紋

新竹的香山，猶閣有一座豎琴橋，真特別的造型，每個角度攏無相仝，是重要的旅遊景點，真濟人走去翕相，情人牽手去散步，有曲度的這座橋，做過日本NIKON年度月曆的封面，阮寫著〈天琴〉：

啥人　佇天頂
製造作一座　天琴

予風來彈奏
予雨來唱歌
唱出芳山
命運的交響曲

其實臺灣島嶼四邊的海岸，一千外公里，有真濟好寫的地方，所寫的詩接近一百首，嘛無法度加全部的景點寫了，希望逐家拍拚來關心咱的海岸，阮規本冊有分：四輯：第一輯「岸上人間」：這輯攏總三十二首詩，順著海岸邊一寡旅遊景點，也是古蹟、港口、燈塔，寫出海邊人的生活佮遊覽客的形影，第二輯「地質詩情」：攏總二十首詩，臺灣四周海岸線，有千變萬化的地質，產生各種奇形怪狀的雅石，變成攝影家佮旅遊客參訪的所在。第三輯「海上掠影」：攏總二十首詩，這攏是海中討海人的身影，有發展觀光打造咖啡廳、漁民掠魚苗栽的情形，嘛有衝湧活動選手佇海頂的英雄屈勢。第四輯「生態之歌」：攏總有二十一首詩，有海岸邊的各種野鳥、砂馬仔、花鮡等沙坪的生態。

佇戒嚴時代，作家苦苓寫過一本《只能帶你到海邊》的散文，主要咧講臺灣雖然是海洋國家，但是海防真嚴，袂當清彩踏出海岸，干焦會使行到海邊看海，予臺灣人對海上的代誌真生疏，毋敢接近大海，對海岸的各種地質、生態、海邊生活攏無了解，這馬已間解嚴囉，咱愛去接近大海、親近海邊生活的鄉親，臺灣人真濟靠海維生的漁民，阮透過家己的母語來寫詩，透過影像的婧氣去傳播海岸的景緻，學語言的時陣，了解咱的土地佮人民，生活的情形，對了解產生愛，愛鄉土、愛國家、愛臺灣、愛規个世界。

〔導讀〕

# 夢幻的色彩，真實的臺灣——《臺灣島。海岸詩》的影像敘事與詩歌美學

／曾金承（嘉義大學副教授）

## 漢寶村兩位藝術家交會時互放的光亮

我和作家康原是芳苑鄉漢寶村的同鄉，不過年齡差距了二十四歲，互相認識時康老師已經六十幾歲了，可以說是忘年之交，更精準地說，是長輩提攜後輩互動。與康原老師相識的因緣也是與故鄉漢寶村有關，二〇一〇年我剛從北部返鄉居住不久，無意間收到彰化師範大學發的「彰化研究」研討會邀稿函，主題是「彰化村史與社會變遷史研究」。因為之前曾經拜讀過康老師撰寫的漢寶村村史《野鳥與花蛤的故鄉——漢寶村的故事》，於是嘗試性寫了〈以作者為中心的「報導文學」史觀——談康原的《野鳥與花蛤的故鄉——漢寶村的故事》〉，也

因為這篇論文和康老師開始有了往來。此後我除了持續古典詩的研究，也同時進行臺灣文學與報導文學的探索，其中著墨最多的就是康老師的作品，在累積了十年的研究成果後，二〇二〇年四月完成了《筆落如燈鑑人間——康原的實用性書寫研究》，以之做為升等論文提交，並順利通過。

二〇一五年初，家鄉的漢寶社區發展協會林金泉理事長拿了一份文化部的「村落文化發展計畫」申請資料過來，問我有無撰寫意見與建議，我當下想到的就是康原老師的村史之後續，於是撰寫了一份「海風絮語：漢寶的歲月記事本——人物篇」提出申請，並獲得通過。原先的想法是未來依序提出「產業篇」、「文化篇」，以此構成更深更廣的村落記錄，可惜後續因故未能持續推行。在「海風絮語：漢寶的歲月記事本——人物篇」的計畫中，我們訪問了十四位村中各行各業的耆老，其中「地方產業」的部分，也訪問了經營「臺灣大鹿牧場」的許萬八先生，得知許先生除了曾經是民國一〇一年全國鹿茸比賽冠軍之外，也是一位攝影愛好者，尤其是鳥類的生態，更是他鏡頭下的常客，不只經常在個人臉書中分享攝影作品，漢寶社區活動中心也長期展示他的大作。

康原經常透過文字，尤其是詩歌與其他藝術作品進行跨領域的合作，如余燈銓的雕塑、日本畫家不破章的水彩畫、彰化畫家施並錫、攝影家許蒼澤、郭澄芳等，透過圖像與詩歌的互文，形成視覺的深度挖掘與展現。上述藝術家與康原合作的作品，筆者多少有所涉獵，在看過這麼多康原透過精準的文字為雕塑、繪畫、影像增色的作品之後，也曾想過何時可以看到康原與家鄉的藝術家合作，進行一場人親、土親的跨域合作。二〇二一年初，康原捎來了一個檔案，名為「臺灣島。海岸詩」，打開檔案後，映入眼簾的是一系列色彩鮮豔的海岸風光、野鳥生態等照片配以精簡的詩歌。照片的視覺衝擊甚大，與康原過去的「老搭檔」郭澄芳的風格截然不同，再回頭看首頁，赫然出現「攝影：許萬八」，一時間感到驚喜與感動。驚喜的當然是得償夙願，見到兩位家鄉耆老的攝影與文學藝術合作，感動的是兩位作者雖然都來自芳苑鄉漢寶村，且作品中也佔有一定比例的故鄉風景，但真正面對的是整個臺灣海岸的風情與感情，是一部具有美學深度與文學高度的作品。

兩位家鄉前輩在創作上相互交會，綻放出臺灣海岸的土地光輝，身為晚輩的我，只能站在一定的美感距離之外，談談影像與詩作所呈現的影像與文字美學。

## 色彩、結構的圖文互涉

首先，為了避免混淆，必須先釐清相關詞語在本文的表述內涵。「色彩」包涵許萬八影像的色彩呈現與康原詩中的色彩表現；「結構」則是偏向影像中的構圖表現，並論及康原詩中如何處理這些構圖的安排。

攝影機於一八三九年由佛克斯．托伯特（William Henry Fox Talbot 1800～1877）所發明，當時在中國還是道光十九年。初時使用不廣，但之後卻發展迅速：

❶ Point-and-shoot camera 是指觀點與捕捉相機，但後來被翻譯成「傻瓜相機」，並持續沿用。

這項發明原本是為上流階級社會所設計的玩意兒，不料之後僅僅三十餘年，攝影術廣泛用於警察建檔、戰爭報導、軍事偵測、色情文學、百科全書製作、家庭相簿、明信片、人類學紀錄（通常伴隨種族屠殺，如美國史上的印第安人一樣）、感情教化、調查探索（我們將之誤稱為「傻瓜相機」）；❶攝影也被用來製作美學效果、新聞報導及正式的人像。而不久之後，一八八八年，第一臺便宜大眾化相機上市了。攝影的用途以驚人的速度擴展，照相術在工業化的資本主義社會裡被大量運用。❷

照相的使用初期是屬於紀實的功能，美學的使用較少，在視覺藝術的層面還是不如繪畫重要。後來相機的普及，慢慢的形成一門藝術，對光影的捕捉、色彩的掌握、構圖的安排等，除了真實之外，更重視美感與傳神。美感與傳神使得影像具有敘事功能，給人震撼與感動，這也是影像能夠獨立說故事，更能結合文字作更多詮釋的重要因素。

關於許萬八拍攝的照片中的色彩的表現，或許是與受到個人長期拍攝鳥類生態有關，都偏向絢麗，主要的顏色以藍色最多，其次是橙、黃、紅、綠等。藍色的部分因為

❷ 約翰．伯格（John Berger）著，劉惠媛譯，《影像的閱讀》（臺北：麥田出版，2017年11月），頁67。

照片大多呈現天空與海面為多，且有不同層次的藍，顯得更多變；橙、黃、紅等顏色的出現大多拍攝於海邊的黃昏晚霞；綠色的部分則大量出現在單元四「生態的歌」中的的野鳥影像。

在色彩心理學中，藍色並非是憂鬱的象徵，相反的藍色是屬於正向的心理反應，偏向明亮的有象徵理想、希望與獨立的天空藍；偏向暗沉的有象徵誠實、信賴與權威的深藍；淺藍則是會令人內心感到放鬆。

在許萬八的照片中，藍色大多作為背景色，有的是表現遼闊高遠的天空，如〈亭仔跤〉中，主角是和平島的涼亭，置於畫面「三分法」的上部三分之一，在古希臘人進行藝術及建築線條區塊分割時，發現了最好的比例是 1:1.62 或 2:3，也是後人所稱的黃金分割比例。概念就是將照片分成三等分，

〈亭仔跤〉

而拍攝主體位置擺在照片的三分之一或三分之二位置，既可以避免置中的呆板，也能營造出遼闊廣大的視覺效果。接著繼續談顏色，畫面中的藍色透過海平線分成兩層，上下比例均等，深藍為海洋，顯得較近；淺藍為天空，視覺距離較遠。涼亭伸出的岬角幾乎與海平面切齊，感覺逼近海洋，石灰色的涼亭以深淺的藍色海天為背景，顯得更明顯。

一樣是和平島風景的〈漁港〉屬於「對角線法」，也是以海、天的藍色為背景，近景的海港水色較深，遠景的天空顏色較淺，不過對比的情況不如〈亭仔跤〉的海天明顯，但因為畫面的左上角到右下角有一條山與建築物形成的對角線隔開了海與天，因此就算二者的顏色深淺不是很明顯，但依然在畫面中有很好的景深區隔。另外，擔任「對角線」的山是綠色，山前的建物則是色彩繽紛，更突出了區隔的效果。在相片中，對角線不一定要機械式地將畫面平分，只要主體與對角線有交集，就能讓畫面具有動態的美感。把主角安排在對角線上，可以利用畫面中對角線的延長效果，使畫面活潑並具有聚焦的吸引力，使主角更明顯。影像中藍色海面為背景下，有位撐傘的女子，她所在的位置接近畫面的三分之一，又與對角線的山與建築呈現「點」的交集，使她成為聚焦點，也相對的可以從她往遠處的海、山、天一路延伸，產生畫面的無限遼闊感。

攝影構圖上也有相對保守且接受度高的「對稱法」，通常將拍攝主題對稱安排，形成平衡，創造畫面的和諧度，如人體的五官、建築物的外觀，經常給人對稱的感覺。許萬八在〈心靈的故鄉〉中拍攝的是全世界

〈漁港〉

首座玻璃廟，位於彰濱工業區的「臺灣護聖宮」，構圖雖然採上下對稱，但因主體建物略偏左使得畫面不至於呆板，且具有延伸性。照片中也是以藍色為背景，天空的藍色較淺，底部的水面相對較深，呈現鏡面的效果，將護聖宮倒映其中，使得主體畫面呈現虛實對稱。因為背景的藍，像是藍色的底色將前景的主體建物，五顏六色、光彩奪目的玻璃廟襯托得絢麗輝煌，如夢似幻。

類似於鏡面反射的「對稱法」構圖，在許萬八的照片中運用頗多，如〈牛埔頭的黃昏〉、〈橋〉、〈鏡〉以海水為鏡，將天空的景象照映在水面上；〈鷹斑鷸〉、〈暗光鳥〉、〈雲雀鷸〉、〈高蹺鴴〉、〈水雉〉、〈反嘴鴴〉則是以水為鏡，將水鳥影像反映在水中，產生對稱且成雙成對的畫面，頗具生趣。

〈心靈的故鄉〉

許萬八的照片中，彩霞、夕陽的主題也很多，主要的拍攝地點都位於西海岸，除了西海岸便於捕捉夕陽之外，故鄉漢寶的海岸晚霞夕照也特別美麗，因此使得夕照的主題也經常出現在許萬八的照片中。拍攝海邊的夕照基本上不會單調的以天空與夕陽為主，而是會將整個畫面向下延伸到海面，構圖方面大致以「三分法」與「對稱法」為多。色彩的呈現不會有全紅、全黃等單一色調呈現，都是採用類似漸層的呈現，如攝於漢寶的〈橋〉構圖採對稱法呈現鏡面照映的效果，天空與水面的顏色由上、下兩邊由淺而深向中間的橋身集中，顏色大致由黃到橘，再由橘到紅，最後聚焦於逆光造成的黑色橋身，也是相片的主體。類似的照片也有〈情人〉，這張照片是採用三分法構圖，一對男女的黑色剪影位於相片下部的三分之一位置且略向右偏，空出左上三分之一的空間給夕陽懸掛，將情人與夕陽的位置相對應，但一暗一明，所以不會顯得太單調。天空的顏色也是由明而暗，從黃到橘再到紅，最後突顯主體的黑色剪影。

前文提及許萬八擅長生態攝影，尤其是鳥類，因此他在具有生態特質的綠色相片也有一定的數量與偏好。如同藍色的使用一般，綠色在鳥類的生態攝影也多用於背景的襯托。〈赤翡翠〉中，鳥兒本身的紅就很突出，康原在詩中稱牠為鳥界的「法拉利」、「飛行的紅寶石」，相片以「淺景深」造成背景一片模糊柔和的綠，如此更加突顯主題的紅。構圖採三分法將赤翡翠置於相片左下角，強化了後方模糊翠綠的遼闊與深邃感。類似的以綠色為背景的淺景深照片有〈日本歌鴝〉，本身有橙色頭部、胸部與尾部，背部為暗褐色，非常醒目。這張照片是採對角線法構圖，日本歌鴝站在長滿綠色青苔的樹幹，樹幹在照片中的右下角傾斜成一線，日本歌鴝站在底部朝上而望，康原注意到這個神態與特色，寫下：

紅尾溜的　日本
歌鴝　度假來到野柳
目神　充滿著憂愁
敢是驚厝內的人　操煩

類似以模糊柔美的綠為背景的淺景深照片還有〈蟻鴷〉與〈橙頭地鶇〉。其他以綠色為背景的生態照則是以背景清晰的「深景深」，因為「深景深」的主體與背景清晰度相近，給人視覺上的效果是背景的距離近，容易掌握、了解周遭環境，有時反而較具臨場感，如〈高蹺鴴〉、〈反嘴鴴〉等，背景的水與草都很清晰，除了在視覺效果比較近之外，也能明顯看出他們所屬的水鳥特性與生活習性。

康原的詩中也對照片中的色彩有所著墨，康原的詩充滿生活性與生命力，因此對於顏色也有一定程度的描寫，關於此，李桂媚在〈康原臺語詩的青色美學〉中說：

> 本文嘗試從青色意象切入，探索康原臺語詩未被論者觸及的另一個面向，通過本文的討論，可以發現，青色在詩中所扮演的角色，時而是美景的表徵，時而是生命的象徵；時而與農作有關，時而和愛情有關，時而又跟休閒有關。[3]

文中討論的雖然是康原臺語詩中對青色，或是綠色的使用，但從中我們可以關注到康原詩中對色彩的演繹與理解，顏色是一種視覺的產物，但透過顏色可以互通感官，形成多樣具體或抽象的理解與反應。誠如李桂媚所言，康原的詩中的青色使用多且具特色，但不可否認的，作家不可能專注於一種顏色的表達、書寫，尤其是詩歌與影像結合時，影像中的顏色必然會影響詩人的創作構想。在《臺灣島。海岸詩》中，有很多西海岸的夕陽為背景的景點照片，因此橙、黃、紅等顏色的表現特別多，康原在詮釋這些照

[3] 李桂媚，《色彩．符號．圖象的詩重奏》（臺北：秀威資訊科技，2018年9月），頁110。

片時也經常留意到這些色彩。比如〈虹橋〉中，照片的主題苗栗苑裡漁港的「彩虹橋」位於照片下方的三分之一位置，原本就以彩虹為造型的橋，從正面望過去，高懸的紅色橋柱彎曲成愛心的圖樣，愛情象徵明顯。康原在詮釋這張照片時，掌握了色彩與造型的特徵，並加以融合。首先，在色彩方面，上部的天空是漸層的藍，底下的夕照將天空染成黃、橙、橘、紅等顏色；造型方面，就像跨越河兩岸的虹，康原的詩中將彩色與造型相結合，由牛郎織女的傳說愛情的象徵下註腳：「予牛郎織女／約會／解決／相思的病痛」。

在〈雲彩〉這首詩中，康原參照許萬八的照片中呈現的畫面，寫下：

滿天　貼滿魚鱗的雲

〈虹橋〉

予風吹
趕袂走
這是崙尾福崙宮去
鹿港　進香回鑾彼工
天公伯仔畫出五彩的天

許萬八在照中註明「鹿港崙尾」，康原在詩中明確點出當天是崙尾福崙宮前往鹿港進香回鑾之日，根據資料顯示，極有可能是前往鹿港天后宮。照片中一樣是以藍色的天空為底色，魚鱗狀的雲由左上角向畫面中心縮小延伸，雲彩由白而黃，再轉為橙。康原詩中寫道「天公伯仔畫出五彩的天」，這樣描述不是要強調祥瑞，而是藉以反應漁民的心聲，像是神明感受到信徒的虔誠之心而有所反應。

〈雲彩〉

前述李桂媚提到康原的臺語詩中大量採用青色（或者是綠色）表達各種象徵、意象等，在《臺灣島。海岸詩》則是配合照片的畫面為主，根據影像的顏色而抒發，青色的使用沒有特別多，全書只出現兩處。

康原在〈燈塔〉節錄如下：

青龍龍的草坪
藍色的海佮天
白泡泡的燈塔

詩中連續三句形容不同的顏色，青、藍、白，根據人們對色彩的感受，這三種顏色有共同的特點就是幸福與和平，或是平安的感受，就如這首詩中的句子：「燈塔對大海　談情說愛」。在〈綠石槽海岸〉這首詩中，第一句就是「青龍龍的　石槽」，和〈燈塔〉一樣都是以「青龍龍」這樣的形容詞（青）加上重疊形式後綴構詞（龍龍）開頭，一開始就透過強烈的文字節奏展現逼人的綠意，為整首詩定調；不過這樣的詞在康原以往的臺語詩中並未見到，以往類似的用詞有「山頂樹木『青綠綠』」（〈八卦山〉）、「菜園種甲『青綠綠』」（〈蕹菜〉），或是「『青翠翠』的山」（〈新店的碧潭〉），以及「『青令令』的溪水　直流」（〈埔心的柳溝〉），其中〈埔心的柳溝〉的「青令令」應該就是「青龍龍」，康原在後來尋到了音義都比較適合的「龍龍」來代替「令令」。

其他顏色如金色皆書寫於夕照影像中，如〈光佮影〉描寫王功漁港的景觀橋「王者之弓」的傍晚，此時畫面中夕陽已西沉，藍色與金黃色均分上、下，右下角兩條小魚舟如同散置的前景，一派寂寥之景，且「王者之弓」位於畫面中間，在構圖上顯得較為單調；不過，畫面右下角一盞明燈的光線投入水中，化成一道金色的光束，引導觀者的視線轉移，活化了整個畫面，康原的詩中也刻意引導讀者將視線聚焦於此，寫著：

借著　池王爺的神力
射出　橋頭一葩熱情的
光佮水　金蛇形影

壽山宮的池王爺在王功地區的影響力非常大，明末時期就由王功的移民奉迎過來。據說乾嘉時期的大海盜蔡牽曾經試圖劫掠原本稱為「下堡庄」的王功，但被池王爺顯靈所擒，蔡牽率眾祈求王爺饒恕，池王爺才收回繩索，釋放海盜。為感謝池王爺不殺之恩，蔡牽通令所有海盜不得入侵王爺宮（壽山宮）所在的村莊，此後「下堡庄」逐漸改稱「王宮」。又，村民為感念王爺護莊有功，遂再改名為「王功」。

另一首描寫金色的詩歌是〈走揣〉：

佇闊茫茫的海底
走揣　黃金
蛤
黃金色的日頭
光　探測蛤仔
身影

這首詩令我讀來特別有感，現在一般人到了康原的家鄉漢寶海邊的潮間帶，大多是以遊客的心態享受摸文蛤的樂趣；但在早期的村民生活中，海是個金庫，但鑰匙不是隨時都能找到，如果運氣好，摸到數量較多的文蛤，可換得一家數日的溫飽，但這是可遇而不可求；若是運氣不佳，頂多只能勉強餬口，因此當地有句俗諺：「海水潑面，有食無剩。」漢寶是個濱海的村落，沙地貧瘠、乾旱，務農難以維生，因此大多村民以海為生，除了養殖牡蠣，挖野生文蛤也是主要收入之一。黃褐的野生文蛤色澤明亮，猶如上了一層釉般，陽光下確實金光閃閃，所以康原的詩中，以夕照的「黃金色」黃昏，延伸到色澤光亮的文蛤，接著再透過文蛤所帶來的希望與財富與「黃金」產生連結。筆者曾在「走揣臺灣語言／言語的詩」中寫道：「康原的詩中，習慣於割裂並安排短句，藉以形成兩句間的樞紐關係」，這首〈走揣〉中也用了相同的方法突顯「黃金」的畫面感。第二行的「黃金」即為即為字詞樞紐。在正常的語句連貫性而言，「黃金」應該接續在「走揣」之後，形成「走揣黃金」這樣完整的句子；但是康原刻意將在「黃金」之下一行獨立寫出一個「蛤」，如此，「黃金」一詞就兼具樞紐與跨越上下二句關係的意義。從上一句連貫成「走揣 黃金」，再配合畫面金黃色的夕陽射下的光線照在海面上，讓我們產生好奇：尋找的黃金，難道就是這道金黃的光線？接著再往下一句延伸，成了「黃金／蛤」，原來，在金黃色陽光下尋找的是文蛤，也是生活的希望，更是可能的財富機會。

## 詩歌的語言節奏與情感

康原創作的詩歌數量極多，且各類型兼

具，風格各異，長短兼擅；不過，如果是配合影像、繪畫或是雕塑的作品，都屬於短篇小詩。《臺灣島。海岸詩》的作品中，長度介於四至八行之間，當中又以六行且分成上、下各三句的形式最多，關於這種寫作形式，丁威仁在〈移工的日常．日常的移工：序康原老師《滾動的移工詩情》〉即有討論：

> 《滾動的移工詩情》這本詩集，在形式上以六行詩，分成兩段為主（有極少數的四行詩），這樣的兩段「三、三」式書寫結構，前後兩段，其實可以呈現對等或是對立的對話概念。換言之，的一段的三句可以作為第二段三句的引起，第二段三句變成第一段三句的補述或是延伸，……❹

黃慧鳳也在〈移工飛蛾撲火的追夢人生：《滾動的移工詩情》〉中觀察到康原的這種寫作方式，「《滾動的移工詩情》的詩文大致以『三、三』結構形式編排，上段三行與下段三行詩文彼此對應互文，看似簡單卻意義雋永。」❺誠如兩位學者所言，康原在《臺灣島。海岸詩》也持續大量採取「三、三」式的書寫結構，如〈記持〉：

❹ 丁威仁，〈移工的日常．日常的移工：序康原老師《滾動的移工詩情》〉，《滾動的移工詩情》（新北：遠景出版事業有限公司，2018年4月），頁170。

❺ 黃慧鳳，〈移工飛蛾撲火的追夢人生：《滾動的移工詩情》〉，《滾動的移工詩情》，（新北：遠景出版事業有限公司，2018年4月），頁197。

頭殼底的記持
深澳的風　鹹臊
敢是有鹹魚仔的味

嘛有人佇港邊　划船
這款的景致　親像
浪漫閣甘甜的滋味

此處先談影像，許萬八的照片中，有幾張是以近似橢圓形孔洞為前景的窺視角度進行拍攝，除了〈記持〉之外，還有〈夢中漁場〉與〈夢影〉。這三張帶有窺視角度的影像在康原詩中表現出「非現場」的感受，也就是遠景的窺視產生一種距離感，尤其是前景的暗黑呈現迷離、幽暗的氛圍，因此康原分別藉以描寫記憶與夢境。接著回到〈記持〉這首詩，記憶總是不完整的，也是個人

〈記持〉

的，因此暗黑的前景造成了景物的局部化，同時也襯托了聚焦景物的清晰度；但清晰的海景彷彿被橫列線狀的礁岩割裂成幾個部分，形成片段的記憶。畫面中由上而下，從蘇澳海岸而下共有三道類似平行的線，將蔚藍的海洋分割了，分割的框中像是水道般的有四艘小船划行其中。畫面勾起康原的回憶，上面三行描寫蘇澳的海風中夾雜的鹹味，是記憶的味道。後三行是眼前畫面的聯想，配合畫面划槳前行的青春活力，則是浪漫甜美的味道。前後段兩相對比，片段記憶的鹹澀，眼前畫面的甘甜浪漫，形成連結與對比。

相似的攝影手法還有〈夢中漁場〉與〈夢影〉，康原在作詩歌詮釋時，都是以夢為主題，同樣都是六行詩，也是採取「三、三」式的書寫結構。

〈夢中漁場〉對康原而言，是夢，也是回憶，同時也提供警惕之用，詩云：

迴過天眼　看見
過去的　海中漁場
無情的海湧

擛頭三尺有　神明
按怎來　按怎去
無常的　人生

影像是以趨近直立橢圓形孔洞為前景的窺視角度進行拍攝，酷似神話故事中的二郎神的三隻「天眼」。從天眼的造型形成聯想看見過去，也是康原故鄉漢寶曾經的特殊景點「海中漁場」，這個漁場蓋有一間「海中咖啡廳」，曾經是著名的地景與休憩勝地；

可惜，主事者急功近利，經商無道，最後以失敗收場，如今只剩幾根水泥基柱的遺跡讓人憑弔。因此，詩中的上半段才以「無情的海湧」結束，因為海浪幾乎沖刷了海中漁場的所有痕跡；下半段三句與上半段緊扣，「攑頭三尺有　神明」呼應著第一句的「天眼」，「按怎來　按怎去」就像是海浪般，人生的無常貌似上天所決定，但真正的決定權在自身手上，心存正念，正派經營，上天自然眷顧；動機不純，投機取巧，自然不得天眷。康原詩中雖然寫得理性，但對於故鄉的一個特殊的人文景點因人謀不臧而湮沒於無情的大海，豈能不遺憾，但是縱有再多的不捨，也只能夢中再尋了。

〈夢中漁場〉

〈夢影〉的內容如下：

予海風拆散
海湧捲走的
海中漁場
佇阮的目睭底
留著　夢影的
記持

如同〈夢中漁場〉一樣的拍攝手法與角

度，但照片中的構圖採用「對稱法」，不同於前述以水面倒影所構成的對稱，這張照片明顯的以色彩對稱構成。上方是金黃交疊的晚霞，到了遠處的低空則以深藍色的天空畫成一線隔開，主題建物海中漁場的咖啡館位於地平線上，隔開天地，讓天與海的藍有了清楚的界線，畫面絢麗中帶有幾分落寞的氛圍。康原在詩中，看著照片中的海中漁場，想的卻是已經夷為平地的現狀；接著下半段也是透過眼眶造型的前景，聯想到曾有的畫面記憶，因此才寫出留在眼中的，是已經如夢幻般消逝的實物，而真正存有的確是記憶中的舊物。康原長期留意社區發展與營造，尤其是對自己的故鄉漢寶更是不遺餘力，當初他的鄰居兼童年玩伴主導籌建海中漁場時，康原曾多次返鄉幫忙，為的就是讓地方轉型發展觀光，改善村民生活，可惜如同前文所敘，因人謀不臧而停止營業，任由「海風拆散，海湧捲走」，曾經為此付出心血與期盼的康原，至今只能把一切留在夢中了。

〈夢影〉

康原的詩中，疊字的使用相當頻繁。一般而言，疊字的使用可以增加詩歌的韻律感，使人讀來琅琅上口；也可以藉由字詞的重複出現，強化視覺與想像的聚焦效果。

首先談疊字的音樂韻律感。康原在《臺灣島。海岸詩》中，疊字的主要使用方式有「雙音節詞」，如「浮浮沉沉」（〈亭仔跤〉）、「風風雨雨」（〈歷史的窗〉）、「生生世世」（〈海豹〉）、「來來去去」（〈蚵園〉）、「溜溜瞅瞅」（〈暗光鳥〉）、「雙雙對對」（〈形影〉）。以上雙音節詞的疊字可分三類：

第一類是從一般詞語擴增，如「浮浮沉沉」就是從「浮沉」擴增、「風風雨雨」就是從「風雨」擴增。這類詞組的擴增與原本的意義基本上並沒甚麼不同，但在閱讀的節奏上有了更多的變化，並且具有畫面強化的效用。所謂畫面強化，就是藉由多次的相同字詞出現，再經由閱讀的直觀感受在腦海中產生畫面感或動態感，產生更強烈的臨場感。比如「浮沉」一詞，我們已經可以理解其義，但再加上詩中的原文「看海上的島浮浮沉沉」，則強烈感受到這個島於時而露出，時而沉沒，周行不止。

第二類是原本就必須透過雙音節詞的連續字詞才足以呈現意義，也就是並非由刻意字詞擴增。如「生生世世」不能視為「生世」的擴增，康原在詩中就必須使用「『生生世世』屈守／海邊」才能凸顯長時間的決心，如果用「生世」則完全搭不上關係。「來來去去」也是不能視為「來去」的擴增，因為這兩個詞的意思完全不同，「來去」在臺語是偏義複詞，只有「去」的意思；在國語則有往返自如之意，像是「『來去』自如」，皆與「來來去去」有所不同，如康原的詩中「潮水　『來來去去』」，表現潮水日復一日來到牡蠣園，灌溉著牡蠣，也養活了蚵農一家大小。「雙雙對對」也必須完整呈現，而非「雙對」的擴增，更何況平常並不會使用這個詞，一般「雙雙對對」大多用於臺語表示成雙成對，國語使用得較少。康原詩中寫著「用翅股　展開『雙雙對對』／萬年富貴的　形影」，因為照片中一對彎嘴濱鷸同時鼓動翅膀，翅膀成對，鳥兒成雙，因而有此詩句。

第三類是屬於擬態詞，而且可以是歇後語，這樣的雙音節詞出現在〈暗光鳥〉中：「目睭　『溜溜瞅瞅』」，是表示眼睛靈動、機警且銳利；如果視為歇後語，則是「溜溜瞅瞅，食兩蕊目睭」，省去了「食兩蕊目睭」，也就是依賴眼睛之意。

康原詩中也經常採用形容詞形式後綴構詞疊字修辭，主要在於強化形容對象的特徵。如「圓輪輪」（〈橋〉）、「青龍龍」（〈燈塔〉、〈綠石槽海岸〉）、「白泡泡」（〈燈塔〉）、「醉茫茫」（〈海豹〉）、「冷酸酸」（〈蚵園〉）、「闊茫茫」（〈蚵園〉、〈揣夢〉、〈走揣〉）。其中「醉茫茫」並不屬於臺語特有用法，故而捨棄不論。

除了前文已討論過的「青龍龍」之外，「白泡泡」也是形容顏色，「白」是一種顏色的形容，加上「泡泡」則更顯其細緻、潔白；「圓輪輪」的「圓」是一種形狀，加上「輪輪」則更加呈現出動態的想像或是感受，形成一種足以滾動的圓轉狀態；「冷酸酸」也是臺語常用的形容詞，康原在〈蚵園〉中寫道：「竹箍　蚵穗　鹹水　海風／飼養　『冷酸酸』的海風」，描寫養蚵人家工作的內容以及必須承受海風、海水侵襲的辛苦。「冷」字表現的是一種感官狀態，每個人都會有的經驗，但如果加上「酸酸」

則是有侵入骨髓的痠麻感，冷的感受更加強烈。

最後，談康原臺語詩中的「闊茫茫」一詞，除了在《臺灣島。海岸詩》的〈蚵園〉、〈揣夢〉、〈走揣〉三首詩中使用到之外，他的〈海洋的歌〉也寫著：

阮兜有一塊地
闊茫茫
一代傳過一代

這塊地，醃鹹水
種竹箍，出蚵穗
用紅血白汗來掖肥

這是康原描述小時候養蚵的經歷，再比對〈蚵園〉、〈揣夢〉、〈走揣〉可以發現，康原使用「闊茫茫」這個詞時都是描寫海洋，更精準地說，是寫故鄉漢寶的海上工作經驗，有養蚵的辛苦、捕撈文蛤的過程與渴望，似乎都帶有希望、辛苦與擔心收成未如人意的不安。「闊」已有遼闊而無邊的孤獨感了，再加上「茫茫」則更顯得更加模糊而不知何去何從，因此「闊茫茫」用於此，是一種現實空間感的描寫，更是渺小的漁民在大海中工作時，不知是否能夠有理想收穫的渴望與未知的迷茫。

## 結語：從圖像敘事到文字化的詩歌美學

康原是位好奇心重，勇於挑戰的作家，豐富的想像力使他在詮釋影像、繪畫或雕塑時，都能有「創造性」的書寫，簡而言之，就是在面對書寫對象時，為了爭取詩歌的表現空間，所以自訂題目、多方揣度畫面或對象物的內涵，完整的掌控了詩歌所欲傳達的意念與美學追求。筆者以為，《臺灣島。海岸詩》雖仍有康原單向「看圖說故事」的情形，但所說的「故事」與影像創作的精神並不相違，因為此次的圖、文作者有著重要的交集：鄉土。攝影師許萬八與作家康原都是漢寶人，許萬八的攝影主題從漢寶海域擴展到臺灣各地的海岸線，包含地景、人文、生態等，都是彼此熟悉的題材，配合起來自是相得益彰。尤其是康原在創作中，能夠精準掌握許萬八照片中的光影表現與構圖的敘事目標，因而能夠以精準深刻的詩歌文字，從內容、語言節奏等，深深打動人心。個人認為，康原在《臺灣島。海岸詩》開拓了人文、地景、生態，甚至是人生哲理的綜合性詩歌領域，這是一個令人欣喜的開始，也令人期待再次與許萬八的交會時，能帶給讀者更多的感動與更深刻的感官饗宴。

輯一

# 岸邊人間

人佮人的　交流

愛圓滿　人生的難關

攏會平安度過

# 01 變聲的獅

吟詩

是啥　將金山的天
染紅　獅頭山變殕

獅　人出門攏帶三隻獅
看東看西　買東買西　食東食西
嫌東嫌西　怨東怨西　罵東罵西

獅　佇深山林內
知　嘛佇心肝內

註

- 利用「獅」、「知」、「西」欲仝的音來分別字。
- 「山林內」佮「心肝內」分別內外
- 第二段描寫人的生活情形。

金山（獅頭山）

## 獅頭山／新北市金山區

獅頭山位於金山海岬，往東邊望去是野柳岬，另一邊是磺港漁港的山景與海景。其早期為軍事海防管制區，後來轉型為觀光勝地，仍保有舊營房、碉堡、砲臺等景觀。獅頭山公園的自然生態豐富多元，如草本、灌木、小喬木，甚至是綠蔭遮天的大喬木，在這裡都能一探究竟。

02

# 橋邊交流道

吟詩

人佮人的　交流
愛圓滿　人生的難關
攏會平安度過

關渡的人
看橋跤的水恬恬
流過　淡水河

註

- 橋是連接溝仔的兩岸，予兩岸个人交流方便。
- 交流道：比喻人際關係个互動，用「橋」來寫人生。
- 水恬恬流過：暗示時間的消失。

關渡橋邊交流道

詩閱地景

## 關渡／新北市八里區

關渡大橋橫跨淡水河，整座橋長度約八百公尺，為亞洲第一座全焊接鋼拱橋，其連結新北市八里區與臺北市北投區關渡，橋梁外觀為顯眼的鮮紅色，使其成為當地著名地標之一。橋上設有觀景步道，可供人於此欣賞淡水河岸美景。

# 03 亭仔跤

🎧 吟詩

人佮人做伙　愛和平
島上的　涼亭
清風　吹過來

心涼脾土開
亭仔跤的　人
看海上的島　浮浮沉沉

註

- 和平：是「心平氣和」袂相爭，無戰爭，有反戰的思想。
- 心涼脾土開：心涼，心情輕鬆。脾土若開，胃口就好。若是講脾土袂合，就是華語的「水土不服」。
- 佇亭仔跤，看海上島嶼，想人生命運浮浮沉沉。

和平島涼亭

詩閱地景

## 和平島／基隆市中正區

和平島公園位於基隆港港口東側，原先是凱達格蘭族的部落，後來被列為軍事管制區，目前在沿海部分區域已設為和平島公園。由於長期受到風蝕和海浪拍打，造就島上充斥著奇異岩石，成為和平島的一大特色，如海蝕平臺、豆腐岩、海蝕溝、海蝕崖、海蝕洞、蕈狀岩等。

04

# 漁港

吟詩

佇和平島
南爿的港
日治時代　運金礦
出海的　港口
這馬　變成
拖網掠魚的基地

註

- 正濱漁港較早稱「基隆漁港」，佇基隆市中正區正濱里佮和平島南爿，荷西時代帆布船停靠的港口，為發展觀光，畫甲五花十色真婧款。日治時代是臺灣第一港，予人想起過去的風華。

正濱漁港

詩閱地景

## 正濱漁港／基隆市中正區

正濱漁港亦稱為基隆漁港，其位於和平島的南方，日治時期由日本人建造，曾經為臺灣第一大港。早期為繁榮興盛的漁貨商港，漁船噸位逐漸加大之後無法負荷，而後基隆市政府將漁港打造成具休閒、懷舊風格的觀光碼頭，希望以不同的方式重現以往的繁榮光景。

# 05 西海岸傳奇

吟詩

漢寶　這場臺灣大鹿場
名聲透京城　著過
一〇一年全國鹿茸比賽冠軍
中醫　用鹿茸粉
治好真濟人的胃病
中部　西海岸的傳奇

註

- 阮的故鄉漢寶園有一場「臺灣大鹿場」，鹿仔是本冊的攝影家許萬八所飼仔，真正「頂港有名聲，下港上出名」。

西海岸

詩閱
地景

## 漢寶／彰化縣芳苑鄉

鹿茸達人許萬八為二〇一二年全國鹿茸比賽冠軍，其一開始研究鹿茸的契機是因為幼年體弱多病，多虧鹿茸使身體狀況好轉，便開始養鹿和進行研究，經過一番努力後，鹿茸相關產品獲得關注，成為社區重要的產業之一。

# 06 牛埔頭的黃昏

舊地名牛埔頭的
新寶　拍毋見一陣水牛
黃昏　老阿伯　釣竿
釣著　囡仔時代的夢

吟詩

註

- 牛埔頭：阮的故鄉新竇，較早稱「牛埔頭」。
- 黃昏：「夕陽無限好，只是近黃昏。」是晚唐李商隱的詩句。此詩以牛埔頭的黃昏及老人咧釣魚的影像，借景抒情，老人或正回想囡仔時代，感嘆人生已近黃昏。

新寶的黃昏

詩閱地景

## 新寶／彰化縣芳苑鄉

新寶村位於芳苑鄉，介於濱海及臺十七線之間，是典型的農漁村，舊地名為「牛埔頭」，新寶村的居民大多從事農漁業．主要的農作物為番薯、水稻、花生、蘆筍，由於所處位置臨海，東北季風頻繁又強勁，農作物遭受摧殘，因而收穫量減少，居民便另謀生計，開拓水產養殖，文蛤、魚、蝦都是養殖的種類，故今日的新寶村亦稱作「文蛤的故鄉」。

# 07 虹橋

吟詩

佇天頂造一座
虹
橋
予牛郎織女
約會
解決　相思的病痛

註

- 虹：虹有七个色彩，紅色、柑仔色（橙色）、黃色、青色（綠色）、藍色、紺色（靛色）、茄仔色（紫色），攏總七色，變化多端，比喻愛情的多變。
- 牛郎織女：牛郎佮織女是中國民間故事，本詩利用這个故事來寫虹橋色彩多變有如愛情。

彩虹橋（苗栗）

詩閱地景

## 彩虹橋／苗栗縣苑裡鄉

苗栗苑裡彩虹橋，亦稱「情人橋」，這座橋位於苑裡港邊，是觀看日落的好去處，夜晚的時候會有絢爛吸睛的 LED 燈光效果，顏色會不停轉換，映照在海面上格外美麗，吸引很多遊客與攝影玩家前來朝聖。其原先為一座白色的小橋，後來被改建為現今的彩虹橋，於二〇一三年開始啟用。

# 08 情人

吟詩

做陣　看日頭歇睏
將海水做眠床
引出　月娘來

月光做棉被
予風　飛起的頭毛
將情人綁做伙

註

- 這是一首情詩，詩句「海水做眠床，月光做棉被」是景致的描寫，用查某囡仔飛起來的頭毛來綁做伙，比喻兩人的愛情。

情侶

詩閱
地景

## 漢寶海堤／彰化縣芳苑鄉

漢寶海堤位於彰化縣芳苑鄉漢寶村境內，全長約四公里。海堤西側緊臨漢寶濕地，南臨王功漁港，北臨福寶濕地，自然生態景觀資源豐富。

# 09 看海

吟詩

為著欲看　海
天公伯仔　為咱
造一座　七彩橋

行到虹頂　看
海湧若金色的蛇
踮海面咧趖

註

- 賴和有一首〈公園納涼〉，詩中有兩句詩「電光映水金蛇動，月色迷花玉兔香。」阮這首詩中有一句「海湧若金色的蛇」，是對賴和的詩句起動的聯想創作。

漢寶觀海橋

詩閱地景

## 漢寶觀海橋／彰化縣芳苑鄉

二〇一八年漢寶觀海橋剪綵及南海尾守望哨揭牌祈福儀式，漢寶國小舞獅隊也應邀演出祥獅獻瑞。

# 10 橋

吟詩

這座　西海岸新造的
橋
透袂到阮的心肝

這粒　圓輪輪的日頭
敢是　細漢看著彼粒
記持內　揣攏無

註

- 漢寶海岸是阮細漢𨑨迌的所在，七十多年的變化真濟，阮揣無過去景色的記持，仝款的日頭，無仝款的心情。

橋（漢寶）

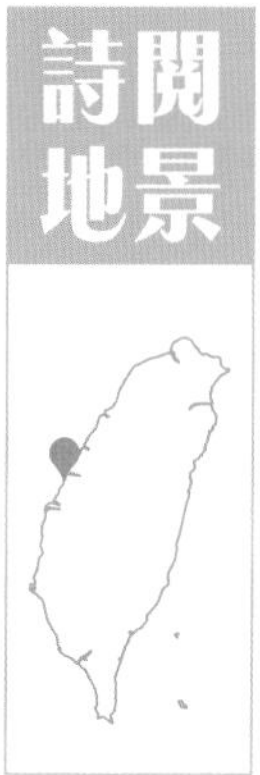


## 漢寶／彰化縣芳苑鄉

漢寶橋由第四河川局興建，具有防災、搶險運輸及鄰近養殖漁民通行等功能，漢寶橋修復工程於二〇一八年六月完工，此工程不只加強橋梁防災功能，並與當地志工團體一同參與和努力，改善其成為彰化縣裡兼具保育、教育，以及遊憩的新景點。

# 11 心靈的故鄉

🎧 吟詩

鹿港　古雎伯用玻璃造
大廟　展現旅遊文化創意
囡仔歌　生態詩　宗教科儀

入來拜　有保庇
運用新的科技
予咱追求心靈的故鄉

註

- 這座廟壁頂的玻璃窗壁頂，有阮寫的囡仔歌〈媽祖魚〉、〈媽祖婆〉、〈收驚〉等六首趣味囡仔歌，這間文創廟是信徒心靈寄託的所在。

鹿港玻璃廟

## 鹿港玻璃廟／彰化縣鹿港鎮

玻璃媽祖廟位於鹿港彰濱工業區，這座玻璃廟不只是全臺首創，也是全球唯一。玻璃廟主體使用臺明將企業所生產的玻璃，總共利用七萬片玻璃，廟宇外觀以清朝鹿港天后宮為原型打造，整座廟完全不使用任何一顆螺絲釘，都是使用夾具來固定玻璃，是將信仰與玻璃工業巧妙結合的一大藝術品。

12

# 天琴

🎧 吟詩

啥人　佇天頂
製造作一座　天琴
予風來彈奏
予雨來唱歌
唱出芳山
命運的交響曲

詩閱地景

## 豎琴橋／新竹市香山區

豎琴橋橫跨西濱公路，坐落於新竹十七公里海岸線上，因為外形獨特，酷似豎琴，故被稱作「豎琴橋」。豎琴橋二〇一二年曾登上日本相機大廠的年度月曆封面，更是打開它的知名度，許多人慕名而來拍照。

豎琴橋（新竹香山）

## 13 散步

吟詩

風聲中有快樂的
旋律
配合心中輕快的
節奏
親像
月光奏鳴曲

註

- 〈月光奏鳴曲〉是樂聖貝多芬的作品，伊的創作靈感有真濟故事，嘛有貝多芬戀愛的心情。

豎琴橋上的夕陽

詩閱
地景

## 豎琴橋／新竹市香山區

豎琴橋主要的功能為方便民眾跨越西濱公路，鄰海的那一側與自行車道相連。每每到了黃昏之際，橋上和橋邊都會聚集許多人前來拍照和欣賞美景。二〇二一年豎琴橋上已新增觀夕平臺，民眾能於此觀看夕陽，學校也可於此進行相關導覽。

# 14 夕陽

吟詩

佇欲　落去西海的日頭
目睭的光　囥入井仔跤的
田園　為鹽埕來梳妝

為棋盤式的田園
發光的北門
天然藝術的　眠床

註

• 臺南井仔跤鹽埕是北門上早的鹽埕，真濟攝影家去翕相。

臺南井仔腳

詩閱地景

## 井仔腳／臺南市北門區

井仔腳瓦盤鹽田為北門的第一座鹽田，更是至今最古老的瓦盤鹽田遺址，已有兩百年以上的歷史。井仔腳即為清領時期的瀨東鹽場，因多次遭遇水患肆虐，從鳳山縣大林蒲遷至臺南佳里的外渡頭附近，最終遷至現今位址，現已成為富有特色的觀光鹽田，提供遊客體驗傳統曬鹽、挑鹽、收鹽。

# 15 雲彩

吟詩

滿天　貼滿魚鱗的雲
予風吹
趕袂走

這是崙尾福崙宮去
鹿港　進香回鑾彼工
天公伯仔畫出五彩的天

註

• 佇鹿港山崙里的福崙宮，服侍天上聖母、吳府千歲、保生大帝、玄天上帝，保庇海邊的漁民。

彩雲（鹿港崙尾）

詩閱地景

## 崙尾福崙宮／彰化縣鹿港鎮

崙尾福崙宮位於山崙里，於民國六十七年三月福崙動工、建廟，落成之後在隔年十月十日入火安座，特別之處是在配祀的多尊神明裡，吳府千歲、保生大帝在宮內的地位，卻不亞於媽祖，更被稱為鎮殿神明，故安奉在一樓正殿最中央的顯眼位置。

# 16 光佮影

吟詩

予　王者的弓箭射著的
日頭
輪落海底

借著　池王爺的神力
射出　橋頭一葩熱情的
光佮水　金蛇形影

註

- 「王者之弓」是王功後港溪出海口的景觀橋，彰化縣過去八景之一的「王功漁火」，已經換做「王功夕照」的景致較出名。池王爺拍退海賊蔡牽是流傳王功的民間故事。

王者之弓（王功）

詩閱地景

## 王者之弓／彰化縣芳苑鄉

王者之弓位於港區南緣，是一座跨港景觀橋，橋體總長八十二公尺，橋身為藍色，命名由來是以本地地名「王功」延伸「王者之弓」。橋梁材質使用最容易塑形之鋼料，富有幾何的美感，成為彰化海岸地區代表性的地標。

## 17 煙火

吟詩

放予燈塔看的
煙火　色彩繽紛
心情嘛　開花

烏暗的天色
佇冷淡中
開花

註

- 每年攏會佇王功港區舉辦「王功漁火節」，暗暝放煙火的節目真鬧熱。

煙火（王功）

詩閱地景

## 芳苑燈塔／彰化縣芳苑鄉

一九八四年完工的芳苑燈塔，位於王功漁港，是外表黑白相間垂直條紋的八角燈塔。主要功能是維護彰化沿海漁船及往來臺灣海峽的船隻安全。

18

# 記持

吟詩

頭殼底的記持
深澳的風　鹹臊
敢是有鹹魚仔的味

嘛有人佇港邊　划船
這款的景致　親像
浪漫閣甘甜的滋味

註

- 有人講「深澳」的名，是因為平埔族踮的地方，對岩壁看，親像印第安人的番王面腔，所以有人講「番仔溪」。

深澳

詩閱
地景

## 深澳／新北市瑞芳區

深澳漁港位於深澳里北面，腹地寬廣，非常適合磯釣，是國內海釣船數量最多的漁港和海釣船最重要的出港口。因東北季風長年影響，以及地質軟硬差異造成「印第安人酋長岩」、「象鼻岩」等各種奇岩怪石。

## 19 燈塔

吟詩

佇鼻頭
裝上目睭
看海翁咧泅
海鳥咧飛
這蕊　天眼
世間的善惡

註

- 佇新北市瑞芳區的鼻頭角燈塔，日治時代起造，二次世界大戰予美軍炸壞，一九七一年重起，守著臺灣海岸。

鼻頭角燈塔

詩閱地景

## 鼻頭角燈塔／新北市瑞芳區

鼻頭角燈塔於一八九六年興建位於新北市金瓜石北端之鼻頭角，舊塔原為日人創建的六角形鐵塔，二戰時遭美軍轟炸損毀，一九七一年使用鋼筋混凝土重建白色的圓塔。燈塔周圍地理環境景觀豐富，像是可欣賞巨浪拍岸與山海美景的步道、特殊的海蝕的地形等。

# 20 陰陽海

吟詩

陰陽　四象　八卦
天庭　地下　人間

陰陽　海邊仔
有彎彎的海岸

水湳洞漁港　搬一齣
咱佮惡有外長的　距離

註

- 電視劇《我們與惡的距離》有一寡外景，佇遮拍片。本來就有名的陰陽海，更加出名。

陰陽海 C 型彎

詩閱地景

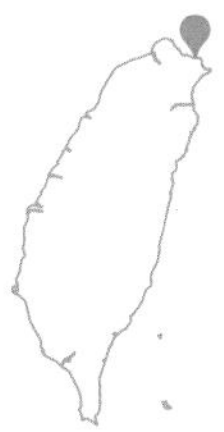

## 陰陽海 C 型彎／新北市瑞芳區

位於水湳洞的陰陽海是天然礦物所形成的自然現象，最大的特點為金黃與碧藍各占一半的海水，附近的威遠廟是攝影師陰陽海 C 型彎的私房取景地點。這樣獨特的景觀是因為金瓜石山區溪水匯集入海，水中還有許多礦物質，因此入海口長年形成當今奇景。

# 21 歷史的窗

🎧 吟詩

坐成　歷史的窗仔
行過真濟風風雨雨的年代
越頭　看著月娘笑微微

望過去的　天
想這馬的　地
人　活佇自由自在中

詩閱地景

## 英國領事館／高雄市鼓山區

打狗英國領事館位於高雄港北岸的鼓山上，早期是英國領事官邸，英國政府在一八七七年策劃為官邸及領事館預定地，花費約兩年時間打造完成，與山下的領事館辦公室是臺灣目前尚存且年代最久遠的西方近代建築，目前被定為國家二級古蹟。

英國領事館（高雄）

## 22

# 85 大樓

🎧 吟詩

傳説　觀星望斗的懸樓
日頭的光　伸袂入房間
予人　暗時真歹入夢

恬恬　守牢愛河的樓仔
有輕便的車行過　身軀
邊　巡視各種變化的景致

詩閱地景

### 85 大樓／高雄市苓雅區

高雄 85 大樓於一九九七年完工，又稱東帝士 85 國際廣場、東帝士建臺大樓，其位於高雄市苓雅區，與高雄港和新光碼頭相近，更是臺灣第二高的摩天大樓，加上天線總高度為三百七十八公尺。

高雄港（85大樓）

## 23

# 海岸的眼神

吟詩

守佇墾丁烏暗暝的
燈塔　是南臺灣海岸的
目睭　透出關懷世間的眼神

日時　佇日頭跤陪著
一對一對　情人
翕相

註

- 墾丁燈塔是臺灣海岸上南爿的燈塔，邊仔是鵝鑾鼻公園。

墾丁燈塔

詩閱地景

## 墾丁鵝鑾鼻燈塔／屏東縣恆春鎮

鵝鑾鼻燈塔是臺灣最南端的燈塔，為白色、圓柱形的鐵造燈塔，圍牆上設有射擊的槍眼，四周設有壕溝，為全國唯一的武裝燈塔。於光復後改建換上國內光力最強的旋轉透鏡電燈，讓鵝鑾鼻燈塔不僅是光力最強的燈塔，同時享有「東亞之光」的美譽。

# 24 安平追想曲

吟詩

佇安平古堡的
紅磚梯頂　想起
陳達儒的安平追想曲
彼个　無情的荷蘭船醫
留落來的紅毛女郎
佮老母全款的　運命

註

- 〈安平追想曲〉是作曲家許石譜的曲，陳達儒寫的詞，描寫相愛無法相守的悲情戀愛故事。

安平古堡

詩閱地景

## 安平古堡／臺南市安平區

荷蘭人於一六二四年占領安平，並在此地建立熱蘭遮城作為統治的中樞，以及對外貿易的總樞紐。一六六一年鄭成功驅離荷蘭人後，將此地改稱作安平，改內城為內府，故熱蘭遮城也稱為「王城」、「臺灣城」。

## 25 高雄燈塔

🎧 吟詩

這座　日治時代改造的
旗後燈塔鎮守山頭
確保真濟商船入港

佇第二擺世界大戰
食過　機關銃的銃子
見證　高雄開港的歷史

註

- 高雄燈塔：一八八三年起的高雄燈塔，俗稱「旗後燈塔」。
- 銃：槍。

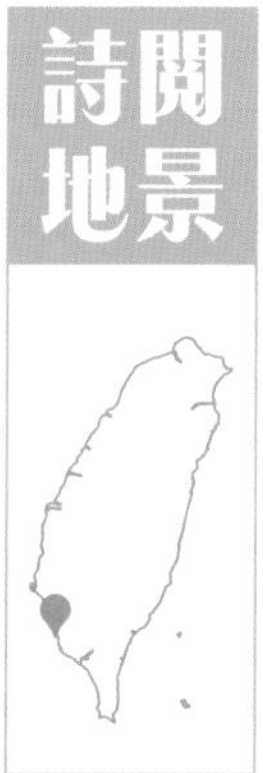


## 旗後燈塔／高雄市旗津區

高雄燈塔，俗稱「旗後燈塔」，於一八八三年創建，位於高雄市旗津區旗後山頂，其塔身是國內唯一的白色八角形磚造燈塔，頂部為圓筒狀，燈塔陽臺上可以眺望整個高雄市。已有一百多年歷史的高雄燈塔，有助於海上的商船的照明，確保往返貿易安全，歷史意義與地位非凡，內政部已將其核定為國家三級古蹟。

26

# 日出

🎧 吟詩

對海中軁出來的
神光
加雲尪仔染紅頭毛
將海水
叫醒起來　唱歌

註

- 三仙臺日出：三仙臺看日出上出名，臺灣島上早的日頭光。
- 雲尪仔：雲朵。
- 軁出來：鑽出來。

三仙臺日出（臺東）

詩閱地景

## 三仙臺／臺東縣成功鎮

位於臺東縣成功鎮東北方的三仙臺是觀賞日出的最佳地點，東部海岸國家風景區更多年舉辦「三仙臺元旦迎曙光」活動，提供遊客跨年以及迎接新年到來的好去處。

## 27 三仙臺

吟詩

為著　探訪海中仙人
呂洞賓　李鐵拐　何仙姑
搭這座有曲線婧款的　橋

借日頭神力來　發光
分辨世間的　善惡
探測　人心的變化

註

- 三仙臺：咱民間傳說，八仙中的呂洞賓、李鐵拐、何仙姑，攏捌踏過這塊土地。
- 婧款：美麗。

三仙臺（臺東）

詩閱地景

## 三仙臺／臺東縣成功鎮

三仙臺由離岸小島和珊瑚礁海岸所組成，臺灣島和三仙臺間有一座橋身以八個拱橋連接的三仙臺跨海步橋。島上有三塊獨特的奇異岩石，相傳李鐵拐、何仙姑和呂洞賓曾在此休憩，因此命名為「三仙臺」。

## 28 天河

🎧吟詩

佇暗色的天頂
開一條白銀的天
河　來運送愛情

這條河是王母娘娘
為牛郎織女建造的
真濟　客鳥來行踜花

註

- 天河：銀河，透過民間故事來寫地景與當地景致。
- 真濟：很多。
- 行踜花：散步。
- 客鳥：喜鵲臺語稱客鳥。

夜間銀河（三仙臺）

詩閱地景

## 三仙臺／臺東縣成功鎮

三仙臺位於臺東縣成功鎮東北方，整座島面積約二十二公頃，最高點海拔約七十七公尺。三仙臺充斥許多奇石，除了仙劍峽、合歡洞之外，島上散布著海蝕溝、壺穴、海蝕柱、海蝕凹壁等海蝕景觀，還有海洋性鳥類也時常棲息於此地。

## 29
# 山里火車站

吟詩

若是　欲去臺東花蓮港
火車攏愛軁磅空
盤山過嶺　看無人

沈文程　一條手巾仔
問你　為啥物欲離開
敢是　棄嫌阮的過去

**註**

- 本詩運用歌星沈文程的歌詞寫詩的故事。
- 攏愛：都要。
- 軁磅空：過隧道。
- 棄嫌：嫌棄。

山里火車站

詩閱
地景

## 山里火車站／臺東縣卑南鄉

山里火車站設站於一九八二年，因應東拓改線後列車交會所需而建造，車站改建後將原本的岸式月臺鋪上木板，島式月臺則保持原狀，見證東拓時代的車站風格。自從作家劉克襄於筆下描述山里火車站為「到不了的車站」，許多遊客前來朝聖這座隱藏在山裡的小車站。

30

# 石頭厝

吟詩

受過　百年滄桑的
石頭厝壁　無崁厝瓦
干焦　賰一堵壁

紅衫姑娘　坐踮遐
敢是咧聽風聲
猶是　咧想伊的阿娘

註

- 石頭厝：卯澳漁村的石頭厝，本來是臺灣上濟的石頭厝角頭，現此時慢慢消失。
- 坐踮遐：坐在那裡。
- 干焦：只有。
- 賰：剩。

卯澳石頭屋（貢寮/百年石頭屋）

詩閱地景

## 卯澳石頭厝／新北市貢寮區

卯澳石頭厝是二層建築，建材來自海岸的砂石，屋頂在過去大多以野生茅草打造，屋架則是利用後山的竹材。近幾年許多外移的居民後代回來家鄉改造石頭屋，以鋼筋混泥土建材取代，近期大家興起對石頭屋聚落的保存的意識，希望崩塌的石頭屋能再恢復如初。

31

# 燈塔

吟詩

青龍龍的草坪
藍色的海佮天
白泡泡的燈塔

福爾摩沙上東爿　三貂嶺
燈塔對大海　談情説愛
海邊看守　臺灣的目睭

註

- 三貂嶺燈塔：倚佇太平洋的航線頂，指點著行船人的方向。
- 青龍龍：青綠色。
- 東爿：東方。
- 目睭：眼睛。

燈塔（三貂嶺）

詩閱地景

## 三貂嶺燈塔／新北市貢寮區

三貂角燈塔矗立在最東的岬角上，又被稱為「臺灣的眼睛」，不但有在海上指引方向的功能，這裡也是高人氣的旅遊景點，許多遊客來此捕捉第一道曙光。燈塔內設有展示館可供民眾參觀，展示著燈塔的相關配備、資訊。

32

# 蘇澳漁港

吟詩

漁港　青紅燈閃爍的暗暝
予阮想起　漁船入港
青飛　旗魚　烏魚滿滿

港邊　有邱坤良教授
細漢時　金媽祖的記持
彼時的　南方澳大戲院

註

- 邱坤良教授，做過藝術大學的校長，宜蘭人。出版過《南方澳大戲院興亡史》，描寫蘇澳漁港的生活情形。

夜景（蘇澳漁港）

詩閱地景

## 蘇澳港／宜蘭縣蘇澳鎮

蘇澳港位於蘭陽隧道出口處，早期稱為東港，是一座由北方澳、蘇澳、南方澳三面環山的天然優良港灣。蘇澳港於民國五十四年由政府興建小型商港，民國六十三年轉建成為國際商港，成為重要的進出口據點。

## 輯二

# 地質詩情

性命的胎紋
山丘的氣勢
河川地面腔

## 33

# 綠石槽海岸

吟詩

青龍龍的　石槽
這種　火山岩頂生出的
海菜　形成一種風景

海湧上愛佇這
放煙火
弄水花

註

• 綠石槽佇新北市石門區，是大屯火山爆發後留佇海邊的礁岩。

老梅綠石槽（金山）

詩閱地景

## 老梅綠石槽／新北市石門區

老梅石槽亦稱綠石槽海岸，因大面積海藻附著在石槽上，成為綠意盎然的獨特美景。三月中旬到五月上旬為老梅石槽極美的時刻，尤其是四月清明時節特別美麗，這裡還曾被 CNN 票選為臺灣八大秘境之一，吸引許多遊客前來參觀。

# 34／胎紋

吟詩

海水　這个雕塑家
一心一意
創作出
性命的胎紋
山崙的氣勢
河川地面腔

## 詩閱地景

### 野柳／新北市萬里區

野柳由於特殊的地理環境，加上各種侵蝕、風化、地殼運動等地質作用的影響，產生了豐富多元的豐富的地形與地質景觀。岩壁上規則的橫紋，更是這裡堆疊的岩石被潮水與氣候長期以來雕琢的見證。

萬里（石紋）

## 35

# 玫瑰花石

吟詩

上帝　佇石頭頂
雕刻
一蕊一蕊　玫瑰花
予新婚的人
永遠的數唸

野柳玫瑰岩

詩閱
地景

## 玫瑰岩／新北市萬里區

玫瑰岩因為有似玫瑰花瓣的紋路，所以有「玫瑰岩」的美稱，位在龜吼的漁澳路旁，由砂岩組成的地質，在海水和風化的長久以來侵蝕，產生奇異的岩岸景觀，許多攝影師傾向清晨時來此地拍攝玫瑰岩，用相機記錄其千變萬化的姿態。

## 36／石紋

吟詩

沉佇水底的石頭
海湧踮伊的　面腔
留落一段一段的感情

紋路的內底有
日頭的　光
月娘的　情

詩閱地景

### 萬里石紋／新北市萬里區

新北市萬里區東北瀕臨太平洋，東南即為基隆市，西南邊與陽明山和汐止接壤，西北則為金山區，因三面環山與單面臨海的優越地理位置，此地漁業及旅遊觀光業較繁榮，如野柳風景區內的風化地形、萬里溫泉區以及北海岸的石花菜等產業發展都相當興盛，是新北市重要的旅遊區域。

萬里（石紋）

# 37

# 萬里的石頭

吟詩

北海岸　有奇形怪胎的
老鷹石　長期佮海湧
相　拍

這塊　親像龜咧趖的
石頭　向海面游去
接受大湧的　挑戰

萬里野柳龜

詩閱
地景

## 野柳龜／新北市萬里區

萬里區野柳地質公園屬於北海岸及觀音山國家風景區，因海蝕風化及地殼運動等作用，造成了海蝕洞溝、蜂窩岩、燭狀岩、豆腐岩、蕈狀岩奇觀。女王頭、仙女鞋、燭臺石等奇石更是紅遍全球的海蝕奇觀。萬里獨一無二的特殊景觀，值得我們仔細探索觀賞其中的奧妙。

## 38／月牙泉

吟詩

彼牙　彎彎的月
娘囝的肚才
發出五彩的
光　引出
流袂盡的靈魂　甘泉

詩閱地景

### 外澳／宜蘭縣頭城鎮

宜蘭頭城的外澳位於烏石港北面，亦被稱作港澳海灘港澳沙灘，乾淨平坦的沙灘、潔白純淨的浪花，是衝浪客喜愛的海域，也有遊客會在此戲水和體驗飛行傘。除此之外遊客可以沿著濱海堤防步道散步，眺望遠方的龜山島，也可至民國九十七年正式開放的外澳服務區喝咖啡賞景。

外澳（月牙泉）

# 39 和平島

吟詩

上接近臺灣本島的
和平島　已經用橋佮伊相連
早期咱攏稱伊　大雞籠山
嘛有人稱呼　社寮嶼

和平島景觀

詩閱地景

## 和平島／基隆市中正區

和平島公園位於基隆港港口東側，原先是凱達格蘭族的部落，後來被列為軍事管制區，目前在沿海部分區域已設為和平島公園。由於長期受到風蝕和海浪拍打，造就島上充斥著奇異岩石，成為和平島的一大特色，如海蝕平臺、豆腐岩、海蝕溝、海蝕崖、海蝕洞、蕈狀岩等。

# 40／新竹的沙坪

吟詩

毋免去非洲看
撒哈拉沙漠
新竹的芳山　嘛有
臺灣真正是　寶島
海岸　有真濟變化的
媠款景緻　沙紋

詩閱地景

## 香山沙丘／新竹市香山區

香山沙丘是香山濕地的一部分，沙丘上可以看見蔓荊、馬鞍藤等植物，沙丘上游遍地黃沙組成的小山丘，是因為新竹的河川溪流地形，長期由上游將泥沙沖至下游，加上東北季風的吹拂，堆積而形成的自然景觀。

沙紋（新竹香山）

# 41 對話

吟詩

佇深澳的　岬角
想著　詩人王羅蜜多
寫一百首詩　予大海

山對阮講　你閣來做伴
你的心中若有山
你的心情像　大海

註

- 詩人王羅蜜多，有一本詩集《大海我閣來矣》，描寫著面對大海的心情。

深澳岬角

詩閱地景

## 深澳岬角／新北市瑞芳區

深澳岬角是北海岸極佳的觀海勝地，舊稱為「番仔澳」，長約八百公尺、高約八十一至三十五公尺之間，因為東北季風影響，以及地質軟硬不同，造就「印第安人酋長岩」、「象鼻岩」等各類奇岩怪石。

## 42

# 霜淇淋石

是啥人驚熱？
想欲食涼涼的冰
敢是　海邊的好兄弟

毋是啦　原來
是上帝雕刻的
藝術作品

吟詩

**詩閱地景**

### 南雅奇石／新北市瑞芳區

南雅海岸山勢陡峭，海蝕、風化岩石發達，且不同岩層的節理或軟硬，侵蝕的速率不一，節理面及岩層鬆軟的部分通常易受侵蝕而崩壞掉落，加上風化作用的影響，使得岩石身上產生凹凸不平的表面，以及色彩有深淺不同的改變，而形成外形奇特的岩石。

南雅（霜淇淋石）

# 43 奇石

吟詩

外形　無成龜
身軀毋是牛
嘛毋是海豬

是妖怪化身的守護神
千變萬化的面
逐工　看顧南雅的海面

南雅奇石

詩閱地景

## 南雅奇石／新北市瑞芳區

位於新北市瑞芳區的「南雅奇岩」有臺灣三十六秘境的美稱，位於臺 2 線 78 公里至 95 公里處。其擁有豐富的地質景觀，如著名的霜淇淋岩、竹筍岩、海狗岩等，岩面上的紋路好似樹木年輪，記錄了大自然長年累月的生命力與痕跡。

# 44 拳頭石

萬里的獅仔公園　下跤
伸出　一粒拳頭母
親像守護海洋的　武器

海邊　行踏的人客
你若製造　糞埽
海著發出伊的　拳頭

吟詩

詩閱地景

## 萬里拳頭石／新北市萬里區

萬里獅子公園位於臺 2 線 52 公里處，入口處有一座「入口意象石雕」，在這裡，可以欣賞海景之美，也有規劃完善的自行車步道，公園周遭，奇岩風景豐富，較著名的像是龐大巨石狀像拳頭的「拳頭石」。

萬里拳頭石

## 45 過客

吟詩

路過　南雅的雲尪仔
欣賞海岸頂
奇形怪狀的仙人

雲　一生注定愛流浪
親像　一隻一隻的野鳥
揣無家己安隱的　岫

註

- 揣：尋找。
- 岫：鳥巢。

南雅奇石

詩閱
地景

## 南雅奇石／新北市瑞芳區

南雅是東北角海岸的一個旅遊好去處，以奇岩景觀聞名，在這裡可見海蝕礁岸外以及許多千變萬化、鬼斧神工的風化紋石。南雅風化紋石地形在臺灣非常少見，其成因為砂岩中的節理經風化作用造成含鐵礦物氧化，於是產生氧化鐵的帶狀花紋。

## 46 鼻頭角

吟詩

你的鼻囥佇　島嶼的
東北角　是東西向　南北向
海岸線的　交纏點

恁的戀情是無單純的
三角戀　三貂角
富貴角　北臺灣三角

註

- 交纏：相交點。
- 恁：你們。

鼻頭角

詩閱地景

## 鼻頭角／新北市瑞芳區

鼻頭角位於北海岸，沿岸奇石林立、終年受風浪侵蝕，形成海崖、海蝕凹和海蝕平臺的景觀在臺灣更是罕見，海蝕平臺上的蕈狀岩、豆腐岩及生痕化石，富有戶外教學與觀賞價值。其與富貴角、三貂角合稱「北臺灣三角」。

## 47 海豹

吟詩

恬寂寂佮孤單的
海豹　聽海湧的情話
予伊　醉茫茫

生生世世　屈守
海邊　看海鳥的形影
揣著天長地久的情詩

註

- 予：給予。
- 屈守：守候。

海豹岩

詩閱地景

## 海豹岩／基隆市中正區

大坪海岸位於八斗子漁港附近，是遠眺基隆嶼的海蝕平臺，擁有豐富潮間帶生態，除了海蝕平臺外，海岸四周更散布眾多奇岩，近幾年「海豹岩」可愛生動的模樣爆紅，吸引許多人前來拍照朝聖，成功帶動當地的觀光。

48

# 黃金水沖

吟詩

佇六坑口　長仁礦區
出世　黃金的水沖（tshiâng）
是坑內的土變黃金

這个　黃金水沖
將海水　分陰陽
予人愛講　八卦

詩閱地景

## 金瓜石黃金瀑布／新北市瑞芳區

金瓜石黃金瀑布位於六坑口下方的長仁礦區，且位於金瓜石往水湳洞的公路邊，早期瀑布上游為採銅礦地方，長年礦產的堆積，於山泉水與雨水滲入，讓瀑布呈現金黃色摻雜橘色的特殊景觀。

金瓜石黃金瀑布

# 49 一點紅

吟詩

深澳的　怪奇海岸邊
有大象　海豹　海狗

閣有　發出真濟
香菇　中央的一點紅

想起　對面的雞籠嶼
有火山島嶼的　迷力

深澳香菇石

詩閱
地景

## 深澳香菇石／新北市瑞芳區

深澳漁港位於深澳岬角，舊稱「番仔澳」，是著名的休閒海域，不只是適合磯釣的極佳地點外，也是是臺灣海釣船數量最龐大的漁港和重要出港口，可以包船欣賞海上的象鼻岩和遠處的鼻頭角軍艦岩。

# 50／海狗

吟詩

泅佇　南雅海中
海狗　古早屬於平埔仔
三貂四社的一个　角頭
看守　壙闊的大海
注意著
外來的海賊

詩閱地景

## 南雅海狗岩／新北市瑞芳區

南雅奇岩是以各種奇特紋路的岩石聞名，其中像是海狗岩，亦稱作拇指岩，因為由北往南看像右手的大拇指，由南往北看像左手的大拇指，據說早期確實會有海狗在此休憩，後來移至漁人碼頭附近。

南雅海狗岩

## 51

# 象鼻岩

吟詩

臺灣的東北角　啥人
飼一隻大象
吸引真濟人來瑞芳

古早　沉入海底的
大象　是海水這个
雕刻家的　作品

象鼻岩

詩閱地景

## 象鼻岩／新北市瑞芳區

由於長期受到氣候與海蝕影響，造就出深澳象鼻岩特殊的景觀，外形酷似一隻大象將長長的鼻子伸入海裡。除了欣賞如象鼻的地點之外，還可以看到有許多蕈狀岩、蜂巢石分布整個海岸，隨處可見奇岩異石之美。

# 52 粉鳥林

吟詩

疊仔　藍色海底的
石頭城是　東澳
夢幻的秘境

臺灣的　下龍灣
早年有真濟　粉鳥
飛過　欣賞山光水色

註

• 粉鳥：野生的鴿子。

粉鳥林（宜蘭東澳）

詩閱
地景

## 東澳粉鳥林／宜蘭縣南澳鄉

東澳粉鳥林位於烏石鼻的隱蔽漁港，漁港前的東澳灣的湛藍海水與碧綠青山形成絕佳美景。早期粉鳥林漁港是很多鴿子的聚集地，鴿子的臺語為「粉鳥」，因此而命名粉鳥林漁港。這裡具有豐富多元的魚類，許多釣客也常前往此地垂釣。

輯三

# 海上掠影

落海　爲著走揣
沙坪內四散的
糧草

## 53 鐵殼船

吟詩

十外年前漂來的鐵殼船
損斷著牛埔頭人的
珍珠蚵園

無人認領變作新地景
有人　入去食毒
這馬　消失去

消失的鐵殼船（新寶）

詩閱地景

## 鐵殼船／彰化縣芳苑鄉

彰化縣芳苑鄉新寶海堤養殖海岸入口旁，有艘鐵殼船擱淺了十五年，不少遊客受這鐵鏽斑駁、具有滄桑美感的鐵殼船吸引，前來此地拍照打卡，然而這艘船卻造成蚵農的不便，漲潮時船身亂漂，易導致蚵棚損壞，最終在二〇一九年以廢棄物處理，遭受拆除。

# 54／蚵園

吟詩

潮水　來來去去
媽祖魚　游來游去
夢　做踮闊茫茫的大海
隨海湧漂浪　土地

竹箍　蚵穗　鹹水　海風
飼養　冷酸酸的海風
三代人　用汗水佮紅血
沃肥　飼大大細細的頭喙

詩閱地景

## 新寶蚵園／彰化縣芳苑鄉

新寶沿海有綿延不絕的蚵田，夕陽西下時，常見漁民駕駛採蚵三輪鐵牛車，滿載蚵仔歸去。此處潮間帶生態豐富，只要配合潮汐時間，攜帶簡易鐵鏟，就能挖掘出野生文蛤、蝦猴等。

採蚵

## 55 海寮

吟詩

現代化的　海寮
佇　駁岸頂看著
烏雲佮海鳥
覕相揣

註

- 駁岸：海堤。
- 覕相揣：躲貓貓。

海寮（漢寶海巡署）

詩閱地景

## 漢寶海巡署／彰化縣芳苑鄉

在漢寶村的濕地海巡署小駐站，建在漢寶園海尾段的海堤上。

## 56／夢中漁場

吟詩

迴過天眼　看見
過去的　海中漁場
無情的海湧

攑頭三尺有　神明
按怎來　按怎去
無常的　人生

詩閱地景

### 漢寶海中漁場／彰化縣芳苑鄉

海中漁場是漢寶濕地中的咖啡廳，我捌帶詩人蕭蕭去啉咖啡，伊寫過一篇散文〈在海中呼喚咖啡〉，這馬干焦留影像。

消失的海中魚場（漢寶）

57

# 彩雲人生

吟詩

雲　因為日頭光
多彩　多變

人　因為有夢
生命變　活潑

海中漁場全景（漢寶）

詩閱地景

## 漢寶濕地／彰化縣芳苑鄉

漢寶濕地具有豐富的生態景觀，不論是在魚塭鄉間的小路，或是西行至海岸堤防的泥灘地，隨處都可以發現水鳥及螃蟹活動的身影。在這裡可以很清楚的觀察招潮蟹的模樣，是探索大自然生態的極佳教室。

# 58／蛤女

吟詩

落海　為著走揣
沙坪內四散的
糧草

借淡薄仔光
溫暖
厝內的頭喙

詩閱地景

## 漢寶蛤女／彰化縣芳苑鄉

漢寶濕地西行至海岸堤防的泥灘地，有許多婦女在濕地上找尋散蚵與文蛤。在這裡可以很清楚看到以前海中漁場的景觀，現已經消失了。

探光蛤女（漢寶）

# 59 揣夢

吟詩

佇這塊沙坪　揣著
阿公的跤印
阿母的汗水

阮的夢　種踮
這片　闊茫茫的
海洋

揣夢

詩閱地景

## 漢寶濕地／彰化縣芳苑鄉

漢寶濕地位於舊濁水溪（東螺溪）以南，萬興排水溝（牛肚溝）以北以及臺十七線以西之間，海岸線全長約九點四公里。主要產業為養殖業為主，海域面積約佔三千八百公頃，為潮間泥質灘地。

## 60／光

🎧 吟詩

輪落　海底的
日頭
留予
天邊一片婧款的
光

詩閱地景

### 蚵架與天光／彰化縣芳苑鄉

芳苑古地名番仔挖，特產蚵，蚵農們豎起了一支支的竹竿養殖鮮蚵。漲潮時遠望，齊整的蚵架與海天一色的紅霞天光，形成芳苑沿海的特有景色。

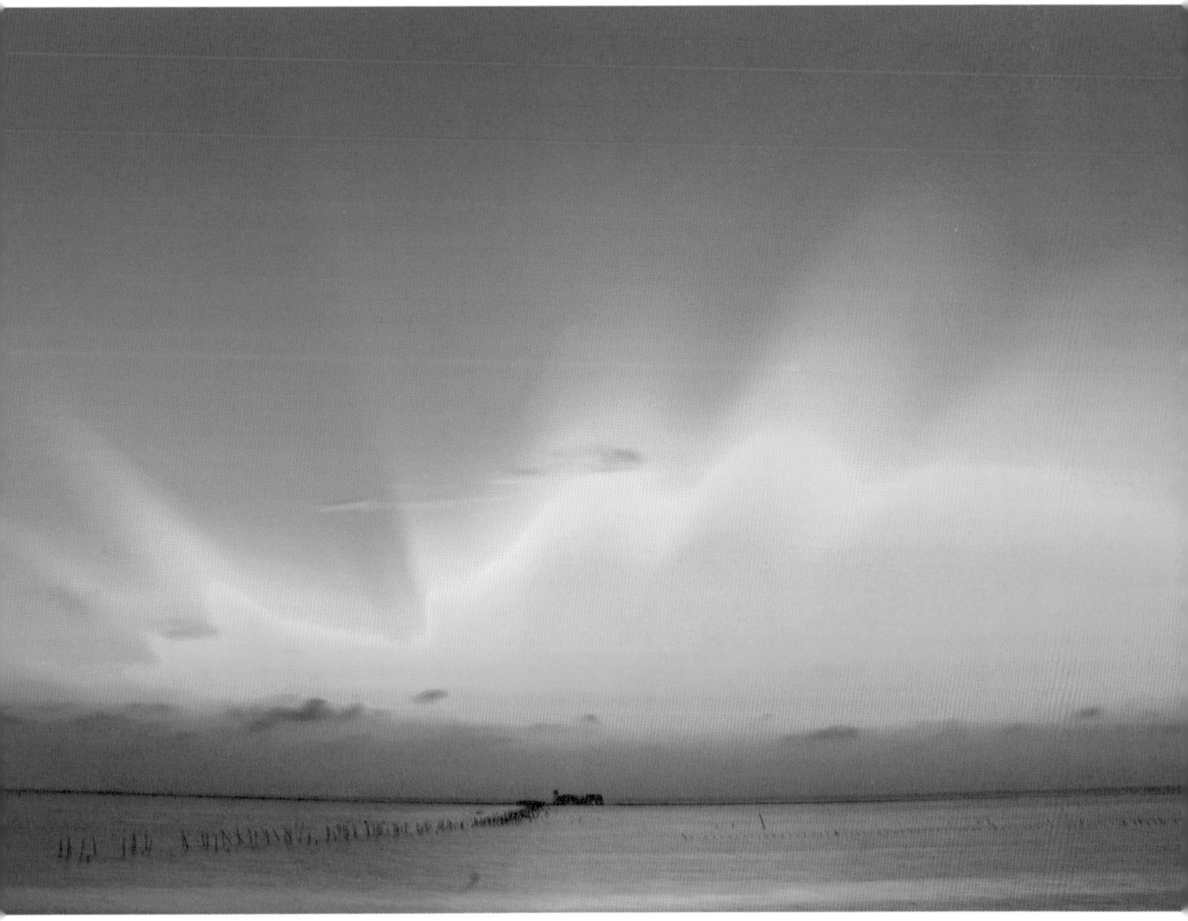

蚵架與天光（澳寶）

## 61 影

吟詩

有光　著有
影　永遠追隨光
行
投入水底的
心　對著風
動

捕光之影（漢寶）

詩閱地景

## 漢寶鰻苗夜／彰化縣芳苑鄉

每年入冬時節，漢寶濕地便成捕撈鰻苗的主要場地，漁民需整地開挖設置網架引鰻魚苗流入，並且得在低溫、暗夜下進行捕撈作業，所以每到冬夜，漢寶濕地熱鬧非凡。

## 62／走揣

吟詩

佇闊茫茫的海底
走揣　黃金
蛤
黃金色的日頭
光　探測蛤仔
身影

詩閱地景

### 尋找黃金蛤／彰化縣芳苑鄉

芳苑鄉潮間帶因為海水和溪水泥沙匯聚，形成有機質豐富的黑色泥沙混合海灘，特別適合貝螺類生長。不論漲潮或退潮，只要拿起鏟子或用雙手一挖，就能挖上一大袋文蛤。

尋找黃金蛤

# 63
# 雲

吟詩

細漢　看天頂的雲尪仔
千變萬化　飛過來
走過去

這馬　看雲
恬恬咧行　想欲
搝牢彼粒落海的日頭

註

- 這馬：現在。
- 恬恬：默默。
- 搝牢：拉住。

漢寶的天空

詩閱地景

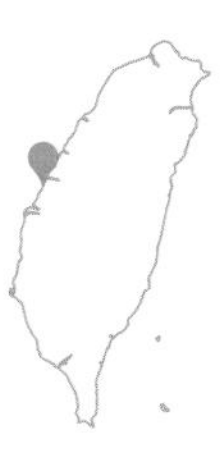

## 濕地生態／彰化縣芳苑鄉

漢寶濕地生態豐富，曾於此地發現罕見魚種、長相特殊的海葵及俗稱海錢、沙錢的扁平蛛網海膽，都是少見的生物，足證漢寶濕地是彰化縣海岸最後的淨土，值得珍視。

64

# 夢影

吟詩

予海風拆散
海湧捲走的
海中漁場

佇阮的目睭底
留著　夢影內
記持

詩閱
地景

## 海牛文化／彰化縣芳苑鄉

芳苑鄉採蚵文化興盛，早年蚵田依賴黃牛拉著牛車到海裡載運牡蠣，俗稱海牛文化，是彰化縣重要無形文化資產。近年已被「鐵牛車」取代，而黃牛皆隨主人轉型潮間帶生態旅遊，海中漁場即是因應而生的海中休閒場所。

消失的海中魚場（漢寶）

65

# 掠鰻魚苗

🎧 吟詩

落網　是掠鰻仔的人
有夢　上媠

收網尾的　漁民
希望著　相隨

夜間捕鰻苗（漢寶）

詩閱地景

## 漢寶鰻苗／彰化縣芳苑鄉

彰化縣芳苑鄉漢寶濕地，每年三到十月是鰻苗禁捕期，因為開放的時間只有每年十一月到隔年二月底短短四個月，不少想要賺取外快的漁民，就只能趁這個機會到沿海河口及海邊碰運氣。

66

# 漁網

吟詩

討海人
親像佇海底咧摸針
靠一領　漁網
網一寡　希望
網若破　目箍紅
補好網　閣再望

詩閱
地景

## 鰻苗漁網／彰化縣芳苑鄉

入冬時節，漁民為捕抓鰻魚苗，開始於漢寶濕地開挖整地、設置網架引鰻魚苗流入，連綿不絕的鰻魚漁網，也是漁民的希望之網。

網（漢寶）

67

# 人生

吟詩

有人的人生是　烏白
有人的人生是　彩色
有人　佇厝內啉咖啡
有人　海底咧掠魚
逐種攏是一首首的詩
充滿　各種的滋味

彩色人生（漢寶）

詩閱地景

## 漢寶濕地／彰化縣芳苑鄉

漢寶濕地具有豐富的生態景觀，隨處都可以發現水鳥及螃蟹活動的身影，是探索大自然生態的極佳教室。

# 68 火光掠魚

吟詩

予光欺騙的　青鱗
魚　跳出水面落入
網底

有網　上婧
希望　相隨

詩閱地景

## 磺火捕魚／新北市金山區

俗稱「蹦火仔」的磺火捕魚，是全球僅見的傳統捕魚技法。當船長用硫石點燃火把「蹦」的一聲，及火把輕掠海面，上萬隻魚因趨光躍出海面的畫面，是聽覺視覺雙重震撼。

磺火捕魚（金山）

# 69 歌聲

吟詩

若是到　屏東枋寮
著唱出陳達的歌聲
思相枝

若是到　恆春
著會想起　宋澤萊
罩霧的山崙　親像姑娘的溫存

註

- 陳達：知名民歌手。
- 宋澤萊：名小說家，有一首詩名為〈若是到恆春〉。

斜色光影（屏東枋寮）

詩閱地景

## 枋寮／屏東縣枋寮鄉

枋寮鄉位於屏東縣西南方，並在屏東平原與恆春半島中點，主要產業是農、漁業。早期這裡散布許多天然林木，清朝年間福建漳州移民來此伐木生活，且使用木板打造工寮，故稱為「板寮」，後來改名成「枋寮」。

## 70／雲彩

吟詩

雲尪仔是　細漢
鬼計多端的　夢
用來滿足空虛的　心

藍色的天　是阮
一生所追求的　正義
安慰著世間義理的　情

詩閱地景

### 枋寮／屏東縣枋寮鄉

枋寮位於山海交界之處，風景極佳是適合發展觀光的地點。因為地形和歷史緣故，這裡大部分是原住民、客家人、閩南人一起居住。枋寮現今盛產三漁三果等農漁特產，三漁為龍膽、魣仔與吻仔魚，三果為芒果、蓮霧與火龍果。

綺麗雲彩（屏東枋寮）

## 71 海湧

吟詩

坐風　到屏東南灣
借海湧　飛上天

大湧　人生的波浪
啥物攏毋驚　衝　衝衝

海湧與衝浪人（屏東南灣）

詩閱地景

## 南灣衝浪／屏東縣恆春鎮

南灣是臺灣最南端兩陸岬的銜接點，因海水透藍清澈，亦被稱為「藍灣」，此沙灘長約六百公尺，是衝浪的好地方，許多國內外衝浪玩家來此逐浪。

## 72／空

吟詩

鏡面　無限開闊的海
照著藍色的天
貼著白色的雲
佇海中修道的　石頭
發出七彩的光
遁入　空門

詩閱地景

### 枋山／屏東縣枋山鄉

枋山鄉位於屏東縣西南部沿海地區，南與車城鄉為鄰、西部瀕臨臺灣海峽、東與春日鄉和獅子鄉接壤、北邊則為枋寮鄉。枋山鄉也是適合旅遊的地點，內獅瀑布、雙流森林遊樂區、南迴鐵路山洞之旅、森山花園、墾丁國家公園、南灣、嘉和掩體隧道等，還有一年一度的芒果節，都值得讓人體驗。

枋山七彩倒影（枋寮）

## 73

# 龜山島

吟詩

永遠自由自在　佇
海中　匀匀咧泅的
龜　成做蘭陽平原的詩佮夢
這隻龜　予人日思夜夢
久久　見你一擺面
變成真濟人　心內的神

東海岸龜山島

詩閱地景

## 龜山島／宜蘭縣頭城鎮

龜山島又名龜山嶼，最早稱為薞斗嶼。位於臺灣外海太平洋中，因為島嶼外形像龜而得名。是宜蘭縣縣屬中最大的島嶼，也是臺灣目前尚存的活火山。由於地勢險要，早期列為軍事重地，現納為東北角暨宜蘭海岸國家風景區。

## 74

# 鏡

吟詩

溜入　海底
洗身軀的　雲尪仔
佮阮做陣翕相
鏡內底的囡仔
嘛飛入天頂的
雲中

詩閱地景

### 天空之鏡／臺東縣成功鎮

臺東具有許多美不勝收的海灘，都蘭海灘是隱藏在成功鎮的美麗秘境，擁有「天空之鏡」美稱。乾淨平坦的海灘和澄澈蔚藍的天空，讓許多人為之吸引、著迷，有許多遊客特地前來拍照。

天空之鏡（臺東）

75

# 金樽漁港

吟詩

成功佮富岡兩个海港
中間　臺東金樽漁港
國際有名聲
耍海湧的所在
東河包子
金樽咖啡　好滋味

國際衝浪（臺東金樽漁港）

詩閱地景

## 金樽漁港／臺東縣東河鄉

金樽漁港原本為天然灣澳，擁有天然遮蔽地形和腹地的極佳優勢，在一九八四年金樽漁港動工興建，於一九八七年完工，搖身一變成為一個停靠漁船的港口。由於地形獨特，金樽漁港也是民眾釣魚和欣賞美景的好地方。

76

# 宜蘭外澳

吟詩

一領一領的　百裯裙
佇外澳的海上　跳舞
這是　烏石港的北爿

岩石　上好的舞伴
對天光舞到月落
捲出愛的　糖甘蜜甜

詩閱地景

## 裙襬搖搖／宜蘭縣頭城鎮

裙襬搖搖景觀位於外澳小白宮後方的沙灘，可以從旁邊的餐廳步行到沙灘。在長期的海水拍打下，將兩邊礁石中間處沖刷出一個窪地，在海浪洶湧至岸上時，激起潔白浪花，像是扇形狀的裙襬。

裙擺搖搖（宜蘭外澳）

輯四

# 生態的歌

用翅股
展開雙雙對對
形影

# 77 赤翡翠

🎧 吟詩

有鳥界　法拉利的
稱呼　攏佇四月過境
野柳的鳥

欣賞這種飛行的
紅寶石　單獨咧飛
歌聲　真迷人

註

- 華語翡翠鳥、翠鳥、魚狗，臺語擠予做「釣魚翁」。

赤翡翠（過境鳥／野柳）

詩閱
生態

## 赤翡翠／過境鳥・野柳

赤翡翠屬於是佛法僧目翠鳥科的鳥類，其外形搶眼，具有巨大的嘴巴和漂亮艷麗的顏色。
因地理分隔，赤翡翠有多個亞種，主要分布區在東南亞地區，最北的分布區越過日本到達了庫頁島一帶，在中國長白山一帶也可以看見牠的蹤影。

# 78 日本歌鴝

紅尾溜的　日本
歌鴝　度假來到野柳
目神　充滿著憂愁
敢是驚厝內的人　操煩

吟詩

詩閱生態

## 日本歌鴝／冬候鳥．野柳

日本歌鴝為鶲科鴝鳥屬的鳥類，全身是鮮豔的橘色，又被稱為「小橘子」。因全身橘色甚可愛，賞鳥人暱稱為「小橘子」，冬天的時候在鹿角坑發現牠們族群來北部過冬的身影，繁殖期會發出獨特的歌聲，在臺灣時通常是安靜無聲。

日本歌鴝（冬候鳥）

79

# 遠方人客

吟詩

對歐洲飛過　漢寶
遠方人客　烏喙
白色的　頷頸

定定佇阮兜的
田園　庄頭的水溝
耍水佮掠魚

註

- 烏喙：黑嘴巴。
- 頷頸：頸部。
- 掠魚：抓魚。

小環頸鴴

詩閱
生態

## 小環頸鴴／冬候鳥．漢寶

小環頸鴴是小型的水鳥，嘴短而尖，主要的活動區在河口、溪邊，在臺灣是冬候鳥。特徵是眼睛外圍的金黃色，繁殖期的雄鳥此特徵更明顯，故有金眶鴴之稱。頸部後面的白色後頸環也是其的一大特徵。

# 鷹斑鷸

吟詩

水尖仔　愛變裝
熱天　穿一領黃殕色的衫
冬天　愛烏咖啡的色彩
束一條　白褲帶
沙坪　水田　溝仔內
四界　賴賴趖

## 詩閱生態

### 鷹斑鷸／冬候鳥

鷹斑鷸常見於剛播種之秧田中，大部分小群或單獨行動，不與其他種類的鳥混群，其特徵為白色腹部以及黑褐色的背部上有形狀不一的白色斑點。走路時會持續上下擺動尾部，當感到警戒或有危險時會成群吵雜飛去。

鷹斑鷸（俗稱水尖仔）

# 81 黑翅鳶

吟詩

阮的身軀有
烏　白兩道的血統
人間是非　分真清楚
上愛掠　賊頭
賊腦的
鳥鼠

黑翅鳶

詩閱生態

## 黑翅鳶／臺灣留鳥

黑翅鳶是外形似隼的小型鳶，腹部呈現白色，背部則是灰色，中小覆羽黑色。幼鳥背面有鱗狀斑，胸部帶褐色調。黑翅鳶飛行時翅膀常呈現上揚模樣，懸停技術出色，其近年在臺灣有族群數量擴增的趨勢。

# 82 埃及聖䴉

吟詩

討厭　伊拉克戰爭的
聖媽鳥　飛來
臺灣生湠

威脅　咱兜的白翎鷥
毋是　阮的種族輕視
托夢　講伊愛掠魚

詩閱生態

## 埃及聖䴉／引進種

埃及聖䴉在古埃及文化中，象徵智慧的神祇。潔白的龐大身軀以及黝黑的頭部，和相似死神鐮刀的嘴巴都是其特徵。在泥灘沼澤，潮濕的草原和田地中成群覓食，通常也與其他物種一起。全臺灣最大的巢區位於漢寶，中華鳥會二〇一五年紀錄到一百七十八個巢。

埃及聖䴉

# 83 暗光鳥

吟詩

暗時　發紅光的
目睭　溜溜瞅瞅
看魚仔　水中游

魚仔　跳入暗光鳥的
目睭
向鳥喙咧游

註

- 暗光鳥：中名夜鷺。
- 目睭：眼睛。

夜鷺（臺灣留鳥）

詩閱生態

## 夜鷺／臺灣留鳥

夜鷺是臺灣常見的留鳥，最大的特徵是其後腦勺兩根細長的白色飾羽，還有一雙紅色的眼睛。白天多半躲在鳥巢中或陰暗的角落，獵食時間通常是夜間至晨昏，所以又稱作「暗光鳥」，其棲息於水邊，主食為水裡的魚、蝦及青蛙等兩棲類動物。

## 84／形影

吟詩

用喙管　刺探
沙坪佮水底的　秘密
用翅股　展開雙雙對對
萬年富貴的　形影

詩閱生態

### 彎嘴濱鷸／過境鳥

彎嘴濱鷸又稱為滸鷸，主要棲息地是沿海濕地，通常與黑腹濱鷸混群。體型略大於黑腹濱鷸，嘴巴較細長，腿也較長。彎嘴濱鷸大部分是過境鳥，少部分為冬候鳥，黑腹濱鷸則多為冬候鳥。

彎嘴濱鷸

## 85

# 彩鷸

吟詩

做阮故鄉漢寶園的　村鳥
骨簪仔　佇稻仔田跳舞佮唱歌
鳥公炁囝　踮溪底學泅佮揣食

愛風流的鳥母　過著
一某濟翁的
快樂生活

註

- 彩鷸：被票選為漢寶村鳥，俗稱骨簪子。
- 炁囝：帶孩子。
- 泅：游。
- 揣食：覓食。

彩鷸（又名骨簪仔／臺灣留鳥）

詩閱生態

## 彩鷸／臺灣留鳥

彩鷸俗名為骨簪仔，外形特徵是嘴喙先端呈下彎狀。依據臺灣野生動物保育法中，彩鷸被歸為保育類第二級珍貴稀有的野生動物，國際鳥盟則將彩鷸列於「近危」等級。彩鷸生性害羞，喜歡在大清早或是黃昏時出現在水田草叢邊。雄鳥負責育雛，為一妻多夫制。

## 86／雲雀鷸



對西伯利亞　飛來
過冬的　水尖仔
有人叫伊　海滑溜仔

雄雄佇水底看著
家己　茶花色的身軀
烏色尖尖的　喙管

**詩閱生態**

### 雲雀鷸／過境鳥・臺南

雲雀鷸又名長趾濱鷸，體型小，雌雄同色，羽毛顏色尖尾濱鷸相像，但是體型差異極大。在臺灣本島為普遍過境鳥，每年三至五月及九至十一月經過，通常小群或單獨在泥灘地，以潮間帶的生物作為食物。

雲雀鷸（過境鳥）

## 87

# 高蹺鴴

吟詩

躼躼長的紅跤鳥
阮叫伊　躼跤仔
愛穿　紅襪仔
結群成黨
來福寶過冬　揣夢

註

- 躼跤仔：長腳。
- 揣夢：尋夢。

高蹺鴴（冬候鳥／福寶）

詩閱生態

## 高蹺鴴／冬候鳥及不普遍留鳥．福寶

高蹺鴴的嘴細長，粉紅色的長腳，羽毛為顯眼的黑至墨綠色，飛行的時候粉紅色的腳會超出尾巴。本種在臺灣偏好的環境分別為鹽田、魚塭、河岸。白天大部分的時間都是站立休息，主要在清晨、黃昏或退潮時段覓食，主要食物是水生昆蟲及小魚蝦，覓食種類因季節和環境變化。

## 88

# 水雉

吟詩

佇福寶的窟底　拄著
菱角鳥　想起去官田
挽菱角的記持

行踮蓮花葉頂的
凌波仙子　優雅
有珍貴的　身價

詩閱生態

### 水雉／臺灣特有種．福寶

水雉屬於留鳥，佇立在水面植物上引人注目，故又被稱為凌波仙子。其棲息在開闊之淡水沼澤地，主食是菱角田中的水生昆蟲或浮游生物。生活在臺灣的水雉，是全世界唯一具有繁殖羽和非繁殖羽的物種，因土地開發和環境破壞而數量減少，已被列為第二級珍貴稀有之保育類動物。

水雉（又名菱角鳥／臺灣特有種／福寶）

# 89 反嘴鴴

吟詩

佇布袋港邊　拄著這隻
翹喙鳥　匀匀行踮
水中

敢是咧揣　砂馬仔
大塊的明鏡
照出　伊的形影

反嘴鴴（布袋）

## 反嘴鴴／冬候鳥．布袋

反嘴鴴（反嘴長腳鷸）為長腳鷸科反嘴長腳鷸屬的鳥類。分布在歐洲、西亞和中亞的溫帶地區，每年十一月至翌年五月出現於河口、沙洲或魚塭、水田。臺灣主要度冬地為臺南四草地區。

# 90 大城的西港

吟詩

來臺灣度冬的　野鳥
敢是飛入　大城西港
來聽　陳雷的歌聲

上愛聽　歡喜就好
風真透　嘛真好聽

註

- 大城西港是歌星陳雷的故鄉，〈歡喜就好〉、〈風真透〉是陳雷唱的歌。

紅領瓣足鷸（大城西港）

詩閱生態

## 紅領瓣足鷸／過境鳥．大城西港

覓食方式是在藉由在水面上拼命旋轉，獵食無脊椎動物。其在飛行時，白色翼帶明顯，背面黑灰色，兩側羽毛呈現暗灰色。通常是小群活動，有時會聚集成數量龐大族群，例如在遷移時。

## 91 蟻鴷

吟詩

倚佇　樹椏頂懸
袂啄樹椏頂的食物
專食狗蟻佮土地面頂細尾蟲
上愛　來臺灣過冬
蟻鴷閣稱呼　地啄木

地啄木（新竹南寮）

詩閱生態

## 地啄木／冬候鳥・新竹南寮

地啄木是小型鳥類體長十六至十七公分，大多是單獨活動。遭受驚嚇時，脖子會像蛇一樣扭轉，俗稱「歪脖」。主要棲息於低山和平原開闊的疏林地帶，尤喜闊葉林和針闊葉混合林，有時也出現於針葉林、林緣灌叢、河谷、田邊和居民點附近的果園等處。舌甚長，以舌尖黏食地面之螞蟻。

## 92 花跳

吟詩

愛踮水中跳舞的
花跳　上愛照鏡
半空中　看水底家己的
身影
身軀邊的毛蟹嘛知影

詩閱生態

### 彈塗魚

彈塗魚樣貌獨特，頭部像青蛙，身體像鱔魚，因雙眼凸出所以有三百六十度視野，視力極佳，可以在混濁的水中看得一清二楚。主要棲息在泥沙底質的潮間帶與紅樹林區，是濕地的象徵性物種之一。大多以浮游生物、昆蟲與小型無脊椎動物為食，也會刮食底棲的藻類。

彈塗魚（花跳）

## 93 孤獨鷺鷥

吟詩

人攏叫阮　水避仔
無結群成黨
愛孤單做夢

擴闊的天頂自由飛
茫茫的深水中學泅

小鷿鷈（水避仔）

詩閱生態

## 小鷿鷈／臺灣留鳥

小鷿鷈主要分布在臺灣低海拔山區及平地的魚塭、湖泊及草澤環境，其漂在水面上時，外形像是鴨子。大部分時間都在潛水覓食或躲避敵人，遇到緊急狀況的時候，會在水面上拍打翅膀，短距離助跑後才能飛起。

## 94 招潮蟹

吟詩

有人　叫阮砂馬仔
大管蟹
鉸刀剪
天霸王的
跤　用來
招呼海湧

註

- 招潮蟹：臺語叫做砂馬仔、大管蟹、鉸刀剪。

招潮蟹（北門）

詩閱生態

## 招潮蟹／北門

招潮蟹是紅樹林沼澤中最具代表性的蟹類，招潮蟹這個名字是源自三國時期，當時認為牠會招來潮水。雄蟹擁有巨大的左螯或右螯，專門用於打鬥和求偶；雄蟹的另一螯足細小，與雌蟹的兩隻小螯足相似，用於刮取泥地表面的基質入口，在口中篩選分離食物與基質，再將基質由口中取出置於地面，像是吐出來的糞粒，因此稱為擬糞。

# 95 黃昏的舞會

吟詩

入冬以後　一陣一陣的
舞影　佇黃昏的海面
陪烏雲佮日頭

飛行的　翅股
將天編織一領網
詩人有講　量濟著是婧

黑腹燕鷗

詩閱
生態

## 黑腹燕鷗／冬候鳥

黑腹燕鷗為小型浮鷗，全長二十五公分，翅展七十六公分。其喜輕掠水面捕食，偶爾俯衝入水。繁殖地在中國東北部、興凱湖附近，冬天會經過中國東南部、臺灣等地方避寒。具有黃昏聚集飛舞的習性，族群可上萬，可分為聚合期、飛舞期、分散期。

## 96／橙頭地鶇

吟詩

予強風吹入高雄
旗津的　烏耳地鶇
真濟　鳥友追蹤的身影

這是　國際性過客鳥仔
毋知是對東南亞猶中國
飛入　臺灣的貴客

詩閱生態

### 橙頭地鶇／過境鳥・高雄港

橙頭地鶇屬中型鳥類，常見於海南島，生性害羞，大部分喜歡在樹林底層地面活動，主要食物是昆蟲、蚯蚓等。橙頭地鶇擅長鳴叫，聲音清澈甜美。警戒的時候會發出明亮刺耳的「teer-teer-teerr」叫聲。

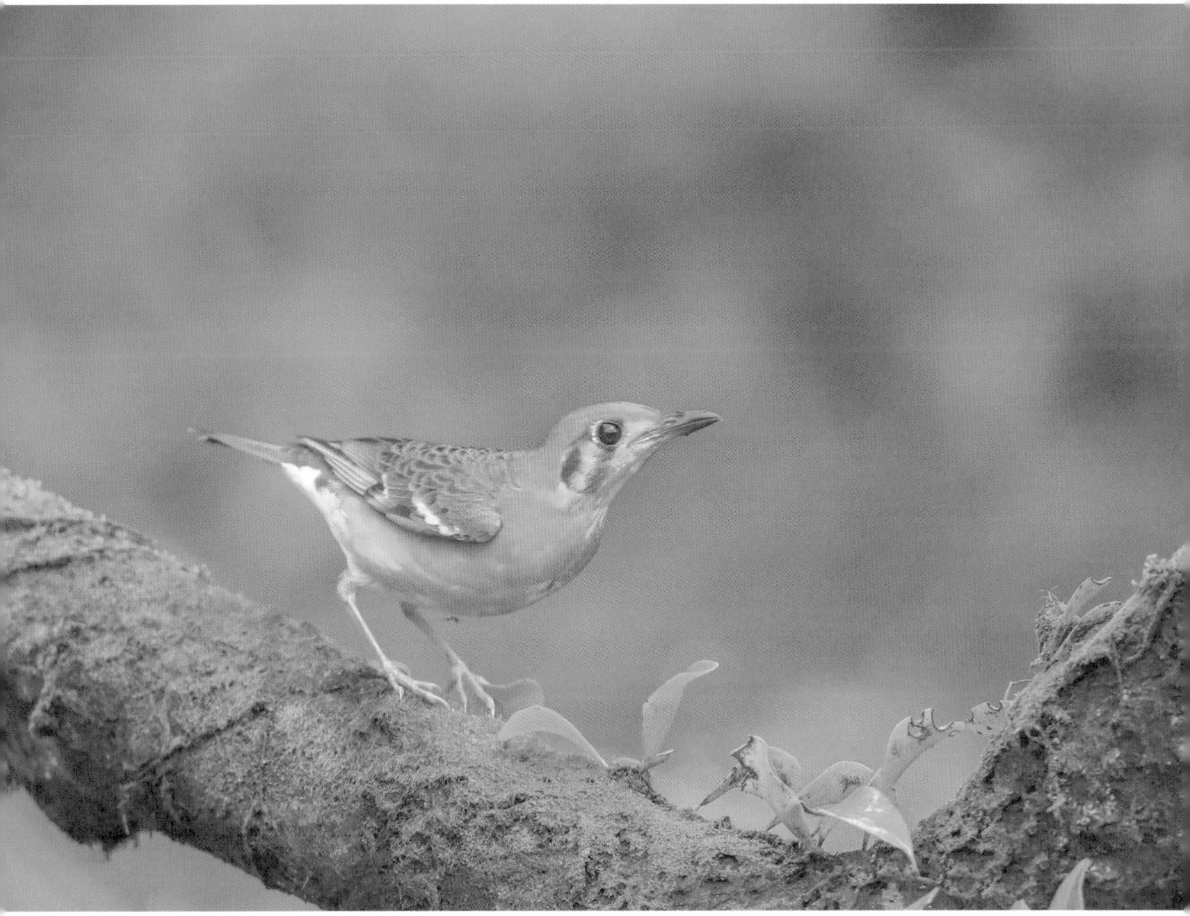

橙頭地鶇（高雄港）

# 97 過境的綬帶

吟詩

青目眶仔　徛樹椏
唱愛情的　戀歌
走揣伊的　情伴

壽帶鳥唱出
求福……求福的聲
林中一枝花是綬帶的名

註

● 綬帶：俗名青目眶仔，猶是三綱鳥。

綬帶（又名青目眶仔，過境鳥／野柳）

詩閱生態

## 綬帶／過境鳥・野柳

雄鳥有兩條長長的尾羽，恍若古代官吏佩戴官印所繫的絲帶，故取名為「綬帶鳥」。「綬」與「壽」諧音，較具有喜氣的名字則為「壽帶鳥」。由於主食為昆蟲，牠也是幫助消滅森林害蟲的幫手。在臺灣可見到三種綬帶鳥，分別是紫綬帶、黑綬帶與阿穆爾綬帶。

國家圖書館出版品預行編目資料

臺灣島。海岸詩／康原著；許萬八攝影．－－初版．－－臺中市：晨星，2021.11
面；公分．－－（晨星文學館；061）

ISBN　978-626-7009-77-2（平裝）

863.51　　110014324

晨星文學館 061
**臺灣島。海岸詩**

| | |
|---|---|
| 作者 | 康　原 |
| 攝影 | 許萬八 |
| 主編 | 徐惠雅 |
| 校對 | 康　原、徐惠雅、謝金色 |
| 臺語審定 | 謝金色 |
| 美術編輯 | 林姿秀 |
| 創辦人 | 陳銘民 |
| 發行所 | 晨星出版有限公司<br>407 臺中市西屯區工業 30 路 1 號 1 樓<br>TEL：04-23595820　FAX：04-23550581<br>E-mail：service-taipei@morningstar.com.tw<br>http://star.morningstar.com.tw<br>行政院新聞局局版臺業字第 2500 號 |
| 法律顧問 | 陳思成律師 |
| 初版 | 西元 2021 年 10 月 30 日 |
| 讀者服務專線 | TEL：02-23672044 ／ 04-23595819#230<br>FAX：02-23635741 ／ 04-23595493<br>service@morningstar.com.tw |
| 網路書店 | http://www.morningstar.com.tw |
| 郵政劃撥 | 15060393（知己圖書股份有限公司） |
| 印刷 | 上好印刷股份有限公司 |

定價 420 元
ISBN978-626-7009-77-2

Published by Morning Star Publishing Inc.
Printed in Taiwan



線上回函

文化部 MINISTRY OF CULTURE 贊助